集英社オレンジ文庫

夜ふかし喫茶 どろぼう猫

彩本和希

本書は書き下ろしです。

CONTENTS

THE NIGHT OWL COFFEE SHOP
DOROBONEKO

イラスト／庭　春樹

1 • 眠れない月

眠れないということは、呪いのようだと結月《ゆづき》は思う。

たとえば子供の頃に読み聞かせてもらった童話の主人公のうち、誰が一番うらやましいかと聞かれたら、今の結月なら迷わず「眠り姫」と答えるだろう。

眠っているうちに問題が全部片付いて、目が覚めたらめでたしめでたしなんて、こんなに楽なことはない。

もし眠り姫にかけられた魔法が百年間眠れなくなる呪いだったりしたら、ずいぶん悲惨《ひさん》なことになってたんじゃないかと思うのは、自分が頑固な不眠に手こずっているからだ。

結月が不眠症になったのは、高校に入ってしばらくのことだった。

中学に入るあたりから寝つきが悪くなりはじめたのだが、受験勉強が追い込みに入る頃からひどくなり、眠れないまま夜明けを迎えることが多くなった。大学に入って一人暮らしをするようになってからも症状は変わらず、むしろ悪化したように思える。

まんじりともできずに長い夜を過ごしていると、まるで、世界に自分一人が取り残されたような心細さを感じてたまらなくなる。だから、明け方につかの間の眠りが訪れると、まどろみの中でほっと息を吐けるのだ。

けれど時々考える。もし、そんな眠りさえ訪れない夜が続いたとしたら。

自分一人が取り残されたような感覚を、世界の最後の一人になったような寂しさを、永遠に味わい続けるのだろうか。

＊

そのプレートに気づいたのは、ほんの偶然だった。

大学に入学して半月あまり。

サークルの新入生歓迎コンパから帰る頃には、もう日付が変わっていた。

マンションのエントランスで郵便物を手にした時、ふと結月の目にそれがとまった。

銀色の郵便受けがずらりと壁に並ぶ通路のつきあたりには、内階段がある。その内階段の上り口に、壁に立てかけるようにして、床の上に薄いプレートが置かれていた。

黒いスチールのプレートは、猫と三日月の姿が切り抜かれている。頭上に懸《か》かる三日月に、じゃれつくように猫が片方の前足を伸ばしていて、ほほえましい構図だ。

プレートのそばには古めかしいブリキのランタンがあって、エジソンランプがぽうっと中で灯《とも》っていた。螺旋《らせん》を描くフィラメントの光は蛍光灯に慣れた目には少し弱々しいが、時代がかっていて妙な存在感がある。プレートに気づいたのも、この明かりのせいだった。

昨日帰ってきた時は、こんなものはなかった気がする。

結月は興味を引かれて歩み寄った。

なんだろう。看板？

プレートの前に立ち止まり、結月はまじまじとそれを眺める。

よく見れば、プレートの上部にはアルファベットの文字が彫り込まれていた。文字の上に貼ってあった金箔が剝《は》げたのだろう。

薄くなったその文字は、『Serenade』と読めた。

「セレナーデ」

結月はぽつりと口の中で確かめて、なんとなく階段の上に目を向ける。

プレートの中の猫が、前足で示しているのがそちらの方向だったせいかもしれない。

普段使うことのない階段は、深夜という時間もあってか、しんとしていた。

結月は少し迷ったあとで、そろりと足を踏み出す。

まるで知らない建物に迷い込んだような錯覚をおぼえるのは、階段を照らす暖色系の照明のせいだろうか。

二階まで上ってみると、そこは結月の部屋のあるフロアと大して変わりのない造りになっていた。右手側に二つ、左側に三つ、通路を挟んでドアが並んでいる。

ただ、右手前のドアだけは重厚なオーク材を使っていて、ほかのものと違っていた。

ノブのところに『OPEN』という札がかかっているところを見ると、やはり何かの店らしい。ただ、営業中にしては人の声や物音もなく、ひっそりしていた。

こんな時間に開いてるなら、大人向けの店かな。

結月は納得して引き返した。

そういえば、マンションに入居する前、確か二階部分に飲食店が入っていると聞いた気がする。営業しているような雰囲気もなかったから、すっかり忘れていた。

いくら自分の住んでいるマンションでも、一人で深夜に知らない店に入る勇気はさすがにない。ドアを開けてみるつもりは、もちろんなかった。

奇妙な看板のことは、それきりになってしまったけれど、しばらくして、結月はその店を訪れることになる。

五月はじめの真夜中。彼に会ったのが、そのはじまりだった。

うまく眠れそうにない夜は、マンションの屋上にのぼって夜景を眺める。

それが、ここ最近の結月の習慣になっていた。

地方から東京に出てきて、ようやく新しい生活にも慣れてきた頃。

大学でもなんとか新しい友人を作り、サークルやら履修科目の選択やらであわただしく過ごしているうちに、あっという間にひと月が過ぎていた。

けれど、忙しさに比例して、やっかいな不眠にも磨きがかかった気がする。

一人でベッドに入り、目をつぶっていると、冷蔵庫のモーター音やマンションの住人の足音、遠いサイレンなんかが気になって、ますます眠りが遠のいてゆく。

翌日の講義が一限からだったりすると早く寝なきゃと焦るから、余計に眠れず、何度もベッドサイドに充電したスマホの時計表示を確かめて、ため息をつくことになるのだ。

そんな時は思いきって部屋を出て、風に吹かれたほうがいい。

マンションの屋上からは、遠くに新宿《しんじゅく》の高層ビルや小指の先くらいの東京タワーも望むことができる。下見に来た時、その眺めを見て、結月はいっぺんでここが気に入った。

防犯とか管理上の問題で、屋上が立ち入り可、という物件はあまりないそうなのだが、ここは住人であれば専用の鍵を使って入ることが許されている。

かわりに、飲食や騒音行為は不可だとか、住人以外の立ち入りは厳禁だとか、こまかな規則がやかましいものの、一人で夜景を眺めるにはちょうどいい場所だった。

エレベーターを降り、鉄製の重い扉を肩で押し開けるように外に出ると、ひんやりした空気が頬《ほお》を撫《な》でる。

夕方まで曇っていた空はいつの間にか晴れて、小さく月が浮かんでいた。

がらんとしてひと気のない屋上を見渡して、結月はほっとする。

よかった。今日は誰もいない。

住人専用の屋上というのがマンションの売りにもなっているせいか、外に出てみると先客と鉢合わせることも時折ある。

おとといは、扉を開けたところで肩を寄せあったカップルの後ろ姿が目に入り、邪魔者になる前にすごすご部屋に引き揚げたのだ。

今日は屋上でやりたいことがあったから、ひとり占めできるのはありがたい。

結月は出入り口の扉に鍵をかけなおすと、手すりに近づいて、夜の空気を存分に吸いこんだ。十二階建てマンションの周囲に高い建物は少なく、視界はひらけている。

闇の中にちりばめられた明かりは近いほど大きく、遠ざかるほどこまかな粒子のように広がってゆく。家々の窓はやわらかな色、ビルの明かりや街灯はひんやりとしたほの白い色で、目をこらせばひとつひとつ微妙に違う。

道路をゆきかう車のライトはせわしなく、眠たそうにまたたく繁華街のネオンとか、どこかのオフィスで残業するワイシャツ姿のサラリーマンとか、笑顔を振りまく看板のアイドルなんかが、視線をめぐらせるとまぼろしみたいに次々に目に入った。

部屋で眠ろうとしている時は耳障《ざわ》りに思えるさまざまな音や気配も、こうして夜景を眺めていると気にならない。むしろ安心できるのは、月並みだけれど、明かりの下に血の通った人間がいるのがわかるからだ。

地方の片田舎に住んでいた結月にとって、光にあふれる夜の風景は新鮮で、こんなにたくさんの人間が深夜になっても眠ることなく活動しているのは、なんだか頼もしい。

この屋上で初めて夜景を見た時も感動したけれど、なかでも東京タワーの明かりを見つけた時の感慨はひとしおで、東京の古い主に迎えられた気分になった。

好物を最後に食べるような感覚で、いつものようにマンションの東側に歩いた結月は、ろうそくのようにそびえるタワーの光を夜景の中に見つけてうれしくなる。

「今日はオレンジ！」

などと、一人で歓声をあげたところで凍りついた。

げ、とか、ぎゃ、とかいう悲鳴がもれなかったのは幸いだった。

人がいた。

いや、もともとその人はそこにいたのだろう。

ただ、ちょっとありえない場所に立っていたものだから、気づくのが遅れたのだ。

ワンフロアに五戸から六戸の住居が入るこのマンションは、屋上の広さもそこそこで、出入り口のある建屋と、給水タンクのせいでところどころ見通しが悪い。

人がいるのがわからなかったのは、給水タンクの陰になっていたのと、その人物が手すりの向こう側に立っていたせいだ。

そう。手すりの、外側。

そこに、男が一人、立っていた。

黒いシャツを身につけた肩は広く、背は高い。

年齢は二十代後半くらいだろうか。結月の声に振り返った顔は、夜景と月明かりの中でもわかるほど整っていて、どことなく気まずそうに見えた。

結月の胸のあたりまである手すりは、大の男でも気楽に乗り越えられる高さではない。手すりの外側にも子供の膝丈《ひざたけ》くらいのコンクリートの囲いがあるとはいえ、バランスを崩してもしたら、落ちても不思議のない場所である。

それは、自殺を決行する直前と言ってもいいような光景で、結月はその場に固まった。

ど、ど、どうしよう……。

うっかり、とてもまずい状況に出くわしてしまった気がする。

だらだらと内心で冷や汗をかきながら結月はうろたえた。無意識に、ポケットに入れたスマホに手が伸びるものの、どこに通報すべきか、とっさに思い浮かばない。

それでも、ダッシュでその場から立ち去らなかったのは、もし本当に自殺だったとして、自分が逃げたあとでこの人が飛び降りたりしたら、ものすごくいやだろうなと思ったからだ。

ここは話しかけるべきだろうかと、めまいがしそうなほどぐるぐる考えていると、意外なことに向こうが声をかけてきた。

「なんのことだ？」

「は!?」

思わずすっとんきょうな声をあげると、男は冷静に続ける。

「いや。オレンジがどう、とか聞こえたから」

でっかい独り言を聞かれていた恥ずかしさで顔から火が出そうになったが、汗ばむ手のひらを羽織ったニットでぬぐいつつ、結月は口をひらいた。

「あ……ええ、と」

男のほうには目を向けず、とりあえず言いわけをする。

「今日は、オレンジなんだなって思って。東京タワーの、明かりの色」

男は結月の言葉を聞くと、「ああ」と低く答えた。

「平日はだいたいあの色なんだ。土曜や連休中は、ライトアップの色が変わる」

「あ、そうなんですか」

返ってきたのは思いのほかまっとうな答えだった。不審者との会話が成り立ったことに喜んでいいのかわからなかったが、ちょっとした疑問が晴れて納得する。

電車の窓や屋上から眺める東京タワーのライトの色が、日によって違うことがあるから、少し気になっていたのだ。

「季節や時間帯なんかでも変わることがあるな。青っぽかったり、七色だったり」

男は遠くに灯るタワーを眺めながら淡々と答える。

「今日は、普通の色だ」

立っている場所が不自然なことをのぞけば、男の態度は落ち着いていて、追いつめられたり、逆上して飛び降りてしまいそうな雰囲気はなかった。それだけに、いっそう奇妙な感じがしたが、だからといってこの状況で、一体何をどう突っ込めばいいのだろう。

そこにいたら危なくないですか？　まさか自殺じゃないですよね。

そんな言葉を口にするかわりに、結月はタワーに再び視線を戻した。

「でも、あたしはあの色のほうが好きです。いちばん東京タワーらしくて」

炎を思わせるオレンジ色の光を見ると、なんだかうれしくなる。ライトアップが消える零時少し前。深夜というにはほんの少し早い時間を狙って結月が屋上に出るのも、あたたかな色をした明かりが恋しくなるからかもしれない。

「あれを見に来たのか？」

再び、男が尋ねる。結月は黙ってうなずいたあと、遅れてぽつりと答えた。

「それもありますけど……。眠れないので、風にあたりに」

まさかこんな状況になるとは思わなかったけど。

と、小さくつけ加えると、まるで聞こえたみたいに男がこちらを向いた。

「何？」

「いえ、あの。なんかお取り込み中だったみたいで、すいません」

ほかに言いようもなくて結月が謝ると、男は目を伏せ、おかしそうに笑った。

「大丈夫。べつに飛び降りたりしないから」

しっかりした口調で男が言うのを聞いて、肩の力が抜ける。

結月は気づかれないように小さく息を吐いた。

「そう、ですか」

それはよかった、と呟いていると、男が再び笑う気配がした。

ひとを動揺させておいて笑うところかと、結月はちょっとむっとして顔をあげる。

「なら、なんでそんなところにいるんですか」

質問が口をついたあと、まずいことを聞いたかもと結月は後悔したが、男は悪びれることなく答えた。

「俺も、風にあたるついでに一服しに来ただけだよ」

わざわざ手すりを乗り越えて？

と疑惑のまなざしを向けると「ここのほうが開放感があっていいんだ」などと男は言う。

「一服しようとして気づいたんだが、煙草《たばこ》を忘れてきてね。困ってたところなんだ。もしあったら一本もらえないか？」

結月の反応をよそに、男はのんびりした口調で言って、こちらを振り返る。

煙草も持たずに一服しに来たなんて、そんなことがあるだろうかと結月はますます不審を抱いた。関わりあいにならないほうがいい、と思ったし、煙草なんて持ってませんと言って帰ることもできただろう。けれど、結月はしばらく考えて、スマホを入れているのとは反対側のポケットに手を入れた。

「どうぞ」

　パッケージフィルムがかかったままの煙草の箱を取り出すと、アルミの手すりの上にそれを置く。煙草の箱をぎこちなく押しやると、男は意表をつかれたみたいに絶句した。まさか本当に、煙草が出てくると思わなかったのだろう。

　煙草を置いたあとで、結月がそろそろと距離を取ると、男は入れかわりに手すりに近づき、ゆっくりした動作でそれを受け取った。

「間違ってたら悪いんだが」

　未開封のそれをまじまじと確かめ、やおら、フィルムをはがしながら彼は言う。

「君、高校生くらいに見えるけど」

「大学一年です。いちおう」

　ぶっきらぼうに結月は答えた。デニム地のハーフパンツにTシャツ、風よけにニットのカーディガンを羽織った結月は、確かに二十歳《はたち》を超えているようには見えないだろう。

「君も一服つけに来たのか？」

「そうですけど」

　文句があるのか、という意味をこめて結月は言った。高校生に見えようが実際には大学一年だろうが、未成年であることに変わりない。ほめられたことでないのはわかっているが、この状況で説教されるのも、なんだか納得いかなかった。

結月がむっつりした顔をしていると、男はおかしそうにまた笑った。

「そうか。なら、人生初の一本を横取りして、悪かった」

「人生初？」

「だって君、吸ったことないだろ。煙草」

なんでそんなことがわかるのかと聞こうとすると、男は煙草を挟んだ指を持ちあげる。

「これ、吸うのに火がいるんだけど」

「知ってます！」

赤面しそうになるのをこらえ、結月はかみつくように答えると、オイルライターをすかさず取り出して手すりに置いた。専門店で補充してもらったから、中身もちゃんと入っている。準備は万端なのだった。

「へぇ。ずいぶん使いこんでるな」

それを手に取ると、男は珍しそうに眺める。

「兄が持っていたものなので」

「お兄さん？」

「ええ。あとこれに吸い殻と灰、入れてください」

結月はうなずき、百円ショップで買った携帯灰皿を手すりの上に載せて押しやった。

「用意がいいな」

男は目をまるくする。

「屋上汚すと、管理人さんに怒られそうだし」

「水橋《みずはし》さんか。怖いもんな、あの人」

元警察官とかいう、こわもての管理人を名前で呼んで、男は煙草に火をつける。かすかな金属音とともに、生きた炎の小さな光が暗がりの中に赤くともった。

男の慣れたしぐさを少し離れた場所から眺め、兄はどんなふうに煙草を吸ったんだろうと結月は考える。

結月の前で、兄が煙草を吸ったことは一度もなかった。当時、結月がまだ幼かったせいもあるだろう。兄が煙草を吸う人だったと知ったのは、亡くなったあとのことだ。

ここで結月が代わりに煙草を吸ったところで、兄を偲《しの》んだことになるのかわからない。それでも、命日の今夜、準備までしてここへ来たのは、罪悪感のせいだろうか。

風に乗って、男のいるほうからわずかに煙草の香りが流れてくる。立ちのぼる紫煙《しえん》が夜景をほんの少しかすませて上空へのぼってゆくのを、結月はぼんやり見送っていた。

気がつくと、いつの間にか、男の視線がこちらを向いている。

不思議そうな視線に、気まずくなって目をそらすと、手すりの上に置かれたライターだけを回収して、煙草の箱はそのまま残した。

「それ、よかったらどうぞ。灰皿もあげます」

「君は吸わないのか？」

「あたしの用は済んだので、もういいです。持ってても湿気ちゃうし」

実際のところ、どうしても煙草が吸いたかったわけではないのだ。それに、目の前の男が代わりに吸ってくれたおかげで、やるべきことは終わった気がしていた。

もともと、煙草は大学の先輩に無理を言って代わりに買ってもらったものだし、その人も喫煙者ではないし、誰かにあげるあてもない。

ちなみに先輩は「煙草があんな高いなんて知らなかったよ！　愛煙家は高額納税者だ！」とかなんとか言って驚いていたが。

けげんそうに結月のほうを眺めていた男は、携帯灰皿に灰を落としてぽつりと言った。

「君、変わってるな」

「……そんなところに立ってる不審な人に、言われたくないです」

結月が腹立ちまぎれに返すと、それもそうか、と男は笑う。

「榊真臣《さかきまさおみ》」

続けて、短く口にされた言葉の意味が取れず、結月は一瞬反応に詰まった。

「はい？」

「俺の名前だよ。九階の住人。ついでに、ここの二階で店もやってる。不審者じゃない」

次々に告げられた情報をのみこむのに少し時間がかかった。住人だからって不審者じゃないとは言えない気がしたが、それよりも、別の単語がひっかかる。

「二階の店って、猫の看板の？」

いつだったか、一階の内階段で見かけたプレートを思い出した。店の名前は忘れてしまったが、特徴のあるデザインは覚えている。

「そう。喫茶『セレナーデ』。営業は平日の午前零時過ぎから」

どうぞごひいきに、と、言葉とは裏腹に愛想のない口調で男は言う。

「零時なら、もうすぐなんじゃ……」

「あれが消えたら店に戻る」

男は短くなった煙草の先で東京タワーを示して、最後にふうっと煙を吐いた。

気持ちが切り替わったのか、はじめに見た時よりも少しすっきりした顔になっている。

その顔を見ると、本当にただ一服しに来ただけにも思えたから、結月はますますわからなくなった。本当に、飛び降りるつもりはなかったんだろうか？

ほどなく、オレンジ色のタワーの明かりが眠りにつくようにひっそり消えた。

手すりの外側と内側に、少し離れて立った男と結月は、黙ってそれを見守っていた。

「さて、戻るか。煙草代、払うよ」

短くなった煙草を灰皿に押しつけると、男は封を切ったばかりの箱を取りあげる。

「べつにいいです」

「でもこれ、新品だろ。それに、この状況だと俺が巻き上げたみたいだからな」

渡したのは結月だし、正直どちらでもよかったが、男は律儀なことを言う。やおら、彼はグレーのパンツのヒップポケットに手をやると、しばしの沈黙のあと、きまり悪そうな顔になった。

「……財布、店に置いてきた。あとでいいかな」

この人やっぱりただのうっかり者なのかな、と結月は思いつつ、首を振る。

「ほんとにいいですから。気にしないでください」

「なら、時間がある時に店に取りに来てくれ」

珈琲《コーヒー》くらいしか出せないが、という言葉に、結月はとりあえずうなずいておいた。

男は外側のコンクリートの囲いを踏み台にすると、意外とあっさり手すりを乗り越え、内側に降り立つ。それを見て結月は少し緊張したが、彼は近づいてくることもなく、結月のほうを見て目を細めた。

「驚かせて悪かった」

「……いえ」

結月は小さく答えて、出入り口のほうへ歩いていく男を見送った。

もし、彼がそのまま屋上から出ていけば、結月はそれきり男に会うことはなく、二階の店とやらにわざわざ出向くこともなかっただろう。

けれど、その時、予想外のことが起きた。

「え!?　ちょっ……」

思わず結月が声をあげたのは、背中を向けた男が立ち止まり、途中でバランスを崩すように給水タンクの壁面に手をついたからだ。さらには、力尽きたようにその場に片膝をつくのを見てぎょっとする。

「うそ。なんで!?」

一瞬、冗談かと思うほど唐突な出来事だったが、苦しげな様子は演技とは思えない。

「だ、大丈夫ですか!?」

結月は駆け寄って声をかけたが、男は答えず、荒い息を吐いて顔をしかめている。

まさかさっき吸わせた煙草のせい？　などという思考がかけめぐり、結月はうずくまった彼の背中をさすった。

「しっかりしてサカ……サカイさん！　あれ？　違う。ええと、ええと、サカキさん!!」

救急車を呼ぶ、という選択肢も吹き飛び、うろ覚えの名前で呼びかけた結月は、もしかしなくても思った以上に動転していたらしい。

——とにもかくにも、結月は榊真臣と、そんなふうにして出会ったのである。

重厚なオーク材のドアの前で、結月はしばし迷っていた。

結月がいるのはマンションの二階。

内階段を上ってすぐの場所にある喫茶『セレナーデ』の前だ。

階段下に猫のプレートはなく、『OPEN』の札も出ていない。あの榊真臣という男の言葉によれば、土曜の午後三時過ぎの今は、営業時間外のはずだった。

結月が今日ここに来たのは、その榊に会うためだ。

なんでこんなことになったんだろう、と少し途方に暮れながら、声をかけてからドアを開けるべきか、それともノックすべきか考えていると、扉脇のブザーが目に入る。

PRESS、と彫られたアンティーク調のブザーを思いきって押すと、扉の向こうで澄んだ鐘の音が聞こえた。

ほどなくして、榊本人が扉を開け、顔を見せた。

「こんにちは。あの、先ほど電話した、但馬《たじま》結月です」

結月がぎこちなく挨拶《あいさつ》すると、彼は目もとをゆるめてわずかに笑う。

「いらっしゃい。呼びつけたみたいですまなかった」

「いえ。具合のほうは、もう大丈夫なんですか？」

今の榊は顔色も戻り、ゆうべの苦しげな様子など微塵《みじん》も感じさせない。落ち着いた様子なのを見て安心しつつも、結月は尋ねた。

「ありがとう。もう何ともないよ。だいぶ世話をかけたみたいだな」

「あたしは大したことはしてないので。あの友達の人が来なかったらどうなってたか」

昨夜、苦しげにうずくまった榊を前に結月があたふたしていると、屋上に思わぬ救援が現れた。それは榊の友人で、屋上に彼を呼びに来たところだったらしい。友人の男性は苦しげな榊を見ても動じることなく、「いつもの発作が出たんだと思います。部屋に運んで休ませれば大丈夫ですよ」と言って、榊を連れ帰ろうとした。

けれど、その友人は体つきも細身でさほど力があるようでもなく、上背《うわぜい》のある榊を運んで戻るのは大変そうだった。

そのまま立ち去るのも薄情に思えたから、結月は九階の榊の部屋まで一緒に向かい、玄関の扉を支えて、運び込むのを手伝ったのである。

「君が手伝ってくれたって高尋《たかひろ》から聞いたよ。玄関でこれを見つけたのもあいつなんだ」

榊は友人の名前を口にすると、銀色のスマホを差し出した。結月が昨夜、榊の部屋の玄関に忘れていったものだ。

榊を運び込むため、玄関の扉を支える際、ポケットから落ちそうになったのをとっさに受け止めてそばの靴箱の上に置いた。そのまま帰宅し、忘れものに気づいたのは寝る前だったが、取りに行くのはあきらめた。発作とやらで寝込んでいる榊の部屋を訪れるのははばかられたし、その時にはもう午前二時を回っていたからである。

それでも、今日になって公衆電話から自分の番号にかけてみると、榊が電話に出て、携帯なら預かってるから時間がある時に二階の店に寄ってくれと告げられたのだ。

「届けられなくて悪かった。俺が部屋に行くのは嫌なんじゃないかと思ってね」

その言葉で、ゆうべ不審者呼ばわりしたことを思い出し、結月は気まずくなった。

「すみません……」

「いや、いいよ。迷惑かけたのは俺のほうだし。あの状況じゃ、気味悪がられて当然だ」

たぶん、根はまともな人なんだろうなと、榊がそんなふうに言うのを聞いて思う。

結局のところ、榊が屋上のあんな場所に立っていたのはなぜだったのか。

友人の男性がいつもの発作と言っていたけれど、どこか悪いのか。

いくつか気になることはあるものの、会ったばかりの人間に尋ねられることでもなくて、結月は口をつぐむ。すると、部屋の奥からほんのりと、こうばしい香りが流れてきた。

「ここ、喫茶店なんですよね」

結月の質問に、榊はうなずいて扉を支えていた体を少し引く。

「今日は店休日だけどね。もし時間があるなら寄っていかないか。お礼になるかわからないが、珈琲くらいは出せる」

ちらりと店の奥に目をやると、腰壁のある通路には、夜のカフェテリアを描いたゴッホの複製画が飾られていた。いつか見た看板もそうだったが、西洋風の内装は落ち着いていて、どこかなつかしい雰囲気がある。

「……なら、少しだけ」

珈琲の香りに誘われるように、結月はそう答えていた。


店の中に入ると、手前には厚みのある一枚板のカウンターがあり、奥に向かって、いくつかソファが置かれているのが見えた。

正面に縦長の上げ下げ窓が三つほど並んでいるせいで店内は明るく、窓と窓の間の壁には背の高い本棚が収まっている。

通路側の壁際にあるのは年代物のレコードプレーヤーで、その隣の棚には、レコードがぎっしり詰まっていた。

「珈琲の好みはある？」

結月を案内すると、榊はカウンターの内側に入って言った。

物珍しさに店内を見回していた結月は、我に返ると、あわてて答える。

「できれば、あんまり酸っぱくないほうが好きかも」

「酸味があるのは苦手か」

「ツンとして、飲んだあとに頭が痛くなることがあるので」

実を言えば、結月は外であまり珈琲を飲まない。珈琲の香りは落ち着くけれど、カフェで頼むのはたいていミルクたっぷりのラテだ。

味覚がお子様なのだろうと友達にからかわれるが、苦味はともかく、酸味のほうはどうしても好きになれなくて、珈琲が出てくるとつい砂糖やミルクをたっぷり入れてしまう。

「なるほど。なら、好みに合いそうなのを選んでおくよ。少し時間がかかるから、本でも読んで適当に待っててくれ」

結月の話を聞くと、榊はそう言ってカウンターの奥で準備を始めた。

言われたとおり、結月は本棚のほうへ歩み寄る。並んでいるのは文庫もあればハードカバーもあり、ジャンルもさまざまだったが、共通点がひとつあった。

『夜の樹』『眠られぬ夜のために』『夜中の薔薇《ばら》』『夜のくもざる』『銀河鉄道の夜』といったタイトルをつらつらと眺めた結月は、一人、首をかしげる。

「夜ばっかり……」

ほかにも、『月』や『星』の文字が入ったタイトルも交じっているところを見ると、どうやら夜をテーマにした本が集められているようだ。

ミステリーや写真集、漫画やライトノベルまで、無作為に棚に並べられた本の中から、結月は一冊を選んで手に取った。子供の頃に読んだ『トムは真夜中の庭で』だ。

親類の家に預けられた主人公が、真夜中に十三回目の時計の鐘を聞いて、あるはずのない庭に迷い込む。確か、そんな話だった気がする。こまかなところは忘れてしまったけれど、読んだ時の少し不思議でわくわくするような気持ちや、しんとして美しい夜の描写は記憶に残っていた。

少し読み返してみようと、ハードカバーのその本を手に、結月は奥のソファ席に座る。

小部屋感のある席の傍《かたわ》らにも縦長の上げ下げ窓がついていて、路地を挟んだ塀の向こうに、隣家の庭をのぞむことができた。

明るい五月の日差しが白壁の一軒家にまぶしく反射して、住人がプランターの花に水やりをしているのが見える。その景色をちらりと眺め、本を開こうとした結月は、ふとテーブルの上のものに気がついた。

メニューと一緒に置かれているのは布張りの表紙のついたノートとペンだ。

表紙には、ご協力をお願いします、というカードが留められている。

料理の味や店の対応について、感想を書きこむノートをカフェやレストランなんかでたまに見かけるが、そんな感じのものだろうか。

なんとなく興味を覚えてノートを開けた結月は、ぎくりとした。

最初のページには、くせのない文字でこう記されていたからだ。

どろぼう猫に関する情報をお持ちの方は、どうぞお寄せください。

その一文が目に入ったとたん、あわててぱたんと表紙を閉じる。

どろぼう猫、という不穏な単語に度肝《どぎも》を抜かれたが、すぐに気になってたまらなくなり、結月は再びノートを開いた。

振り返ってカウンターのほうに目をやると、榊は豆を挽《ひ》いているらしく、こりこりというハンドミルの音がかすかに聞こえてくる。

ここに置いてあるということは、見てはいけないものではないのだろうと思いつつ、なんとなくこっそりと読みはじめると、最初のページには続けて説明書きのようなものが記されていた。


どろぼう猫の噂《うわさ》はご存知でしょうか？

どろぼう猫は、二年ほど前から関東地方を中心に全国に広まりはじめた都市伝説です。夜、その黒猫に会うと眠れなくなる、と言われています。

当店では、どろぼう猫に関する噂、体験談などの情報を広く集めています。

何かご存知の方は、どうぞご自由に書き込みください。


どろぼう猫というのは噂話のことか、と結月は拍子抜けしつつも納得した。

その猫の噂なら、結月も高校時代に何度か聞いたことがある。

青い瞳の黒い猫に夜会うと眠れなくなる。

もしくは、その猫に会うと眠りを盗まれる。

そんな内容で、別の学年の誰かが見たとか、隣の高校の生徒がその猫に会って眠れなくなり、病院に通っている、とかいう話を友人やクラスメイトがしていたのだ。

もっとも、結月の身近に見たという人はいなかったから、「そんな猫いるのかな」とか「いたとしても試験前なら寝られないのもアリかも」なんてことをみんな気楽に話す程度で、誰も本気にしていなかったけれど。

他愛のない都市伝説のはずなのに、こんなところにまじめな言葉で記されていると、何やらそのこと自体がとても不可思議に感じられる。

どうしてこんな噂を集めてるんだろう?

結月は疑問にかられるまま、さらにページをめくった。ここを訪れたお客がどんな反応をしているのか、気になったからだ。

くせのある文字、丸い文字、丁寧な書きこみや殴り書きなど、ノートに書かれた文章は字体も勢いもさまざまで、その内容は結月が高校時代に耳にした噂に近いものだった。

本人が見たという証言よりは、友人や知り合いから噂を聞いた、というあいまいな書き込みがやはり多い。

けれど、ページをめくっていくと、数こそ少ないものの、実際にそれらしい黒猫を見たという文章がちらほら交じっていて、結月はつい読みふけってしまっていた。

そうしてノートを読みはじめて、どれくらい時間が過ぎただろうか。

ふわりと、湯気とともに珈琲の香りが鼻腔《びこう》をくすぐり、テーブルにカップが置かれる。

「お待たせ」

カップを運んできた榊が、黒いトレイを手にテーブルのそばに立っていた。

結月ははっと顔をあげ、あわててノートを閉じるとさりげなくメニューの下に置く。

榊はそれに気づいた様子だったが何も言わず、「どうぞ」と続けた。

「砂糖とミルクが必要なら持ってくるから」

「ありがとう、ございます」

結月が頭を下げると、榊は少し困ったように笑みをうかべる。

「お礼代わりなんだから、むしろそれはこっちの台詞《せりふ》だな。まあ、冷めないうちに」

そうすすめられ、結月はカップに手を伸ばした。

小さなさくらんぼが描かれた磁器のカップとソーサーを見て、かわいいなと思いつつ、
ブラックのまま少しこわごわ口をつける。

ひと口だけ飲んでみた結月は、少しあっけにとられて動きを止めた。

カップを手に固まっている結月を見て、榊はけげんそうに尋ねる。

「どうかしたか？」

「あ……いえ。おいしいなと思って」

思わずぽつりと言うと、榊は「それはどうも」とまた笑う。

正直なところ、ブラックのままで飲む珈琲を、おいしいと思ったことはなかった。

今だって、砂糖とミルクをどのくらい入れようかと考えながら、ちょっと味見をしてみただけだ。なのに、妙にすっきりした味わいの珈琲は、何も入れていないのにすんなり喉《のど》を通る。結月の苦手なツンとくる酸味や、頭が痛くなるようないやな感じもなかった。

「今まで飲んだのと全然違う気がする」

どうしてだろう、と呟くと、榊は言った。

「酸味が苦手って言うから、好みに合いそうな豆を深めに焙煎《ばいせん》したのを選んだんだ。珈琲は豆の種類と焙煎の方法だけでずいぶん味に差が出るから、自分好みの味に会うまでは、飲むほうにも試行錯誤《さくご》がいるかもな」

そういえば昔、親と珈琲専門店に入った時、メニューにずらりと豆の名前が並んでいたのを結月は思い出した。名前や説明書きを見てもよくわからないから、無難なものを選んでいたけれど、こんなに味に違いがあるなら、こだわる人が多いのもうなずける話だ。

おもしろいなと思いながら、結月は続けて珈琲を口に運んだ。ブラックで珈琲を飲むなんて自分には絶対に無理だと思っていたけど、これなら何も入れなくても充分おいしい。

「このお店、平日の夜中だけなんですよね」

お客のいない店内をなんとなく振り返って結月は言った。

土曜の昼間なら、今ごろはむしろかき入れ時のはずなのに、平日だけというのは少しもったいない気がする。こんなにおいしい珈琲が飲めるなら、きっとお客も入るだろうに。

「うちは少し特殊な店でね。俺の本業のあいまを見て店をやってるだけだから、平日の夜中にしか開けてないんだ。利益も正直、二の次かな」

それで成り立つのだろうかと思っていると、榊は苦笑しつつ答えた。

「まあ、大繁盛ってわけにはいかないが、それなりに重宝はされてると思うよ。特に、君みたいなお客には」

「あたしみたいなお客？」

カップから顔をあげた結月を見て、榊はうなずく。

「屋上で会った時、眠れないって言ってたろ。ここは、そういうお客のための店なんだ」

ストレスにしろ不規則な生活習慣にしろ、眠れない悩みを抱えている人間は多い。

長い夜を眠れずに過ごす客を迎えるのが、この店の目的なのだという。

「無理に眠ろうとするより、いっそのこと眠れない時間を楽しんだほうが有益だろ？　酒を飲んだり仲間を呼んで騒いだりする方法じゃなくても、夜を楽しむことはできる」

眠れない長い夜を寝返りを打って過ごすのに飽きた客が、一人でふらりと立ち寄れる。

そういう店だから看板も目立たないし、酒類も置いていないのだと榊は言った。

言われてみれば、ゆったりとしたソファはほとんどが一人掛けで、正面の窓際にひとつ、二人掛けのソファ席があるだけだ。あまり大勢でやってくる店ではないのだろう。

「だから、本棚に夜の本ばっかり並んでるんだ」

「そういうこと。飾ってある絵やかける曲も、夜にちなんだものが多いかな。お客さんのリクエストに応えることも多いし、すすめられて置くようになった本もずいぶんある」

その本もそうだと、テーブルの上の『トムは真夜中の庭で』を見て榊は目を細める。

「なんか、いいですね。そういう場所があるの」

珈琲を飲みながら、結月は表情をゆるめた。

目を閉じるほど眠気が遠ざかっていく焦燥感を、自分は知っている。ただ眠れないだけなのに、まるで何かと戦ってるみたいに、じりじりと時が過ぎるのを待つのは正直たまらなくなる。

いっそ開き直って起きてしまえばいいのに、早く寝なきゃという罪悪感があって、目を覚ましていても何となく楽しくない。そういう時にこんな店に来たら、少しはほっとできるかもしれない。

「この店の名前、本当はセレナーデっていうんだが、最近は別の名前で呼ばれてる」

「別の名前？」

結月の問いに、榊がこちらを見る。切れ長の黒い瞳に射抜かれ、少し緊張したが、彼はそのままテーブルの上に視線を向けた。

視線の先にあるのは、さっきまで結月が読んでいた、布張りのノートだ。

「どろぼう猫」

短く告げられた単語に結月がこわばると、榊は表情をやわらげて続けた。

「そこに書いてある、人間から眠りを奪うっていう猫の名前だよ。店で噂を集めてるもんだから、いつの間にかお客さんからもそう呼ばれるようになったんだ」

カップをソーサーに置くと、結月は思いきって尋ねた。

「どうして、そんな噂集めてるんですか？」

「だって、会ってみたいだろ。人間から眠りを奪っていく猫なんて」

気楽な口調で答えた榊に、結月は少し眉を寄せる。

「でも、もしそんな猫が本当にいたら、眠れなくなっちゃうかもしれないのに」

「俺はもともと睡眠時間が少ないし、今さら眠れなくなっても気にならないな。それに、このノートにもいくつか書かれてるけど、それらしい猫に会ったっていう話は、お客さんから時々聞くんでね」

全くのデマとも言いきれない、と榊は言ってメニューの下のノートを取りあげた。

結月はさっきまで読みふけっていたノートの書きこみを思い出す。

ほとんどが落書きと言っていいような文章の中に、どうしても気になる書き込みがふたつほどあったのだ。

それは、こんな内容だった。


仕事帰りにその猫を見ました。半月前の夜です。会社を出て駅に向かう途中でした。狭い路地の隙間に猫がいて、こっちをじっと見てました。ぎょっとするくらいあざやかな青い目の黒猫でした。金色とか、ちょっとグリーンぽい色の目ならわかるけど、青い目の黒猫って見たことなかった気がして立ち止まって眺めてたら、すぐに逃げてしまいました。それっきり猫のことは忘れてましたが、その日から急に寝つけなくなって、病院行って薬を処方してもらうようになりました。体は疲れてるのに目が冴えてちっとも眠れないんです。薬もほとんど効かないし、しんどいです。医者も、ストレスだろうって言うだけで僕にも原因がよくわかりません。どろぼう猫って本当にいるんですかね？


私の近くでは、半年くらい前からその猫の噂を聞くようになりました。

最初に言いだしたのが誰だったのかよくわかりません。私が知っているのは、息子が小学校の友達から聞いたっていう話です。日暮れ時にその猫に会うと眠れなくなる、と。

とてもきれいな大きな黒猫で、真っ青な目をしているということでした。

その青い目をのぞきこむと、悪い夢を見て、眠ることができなくなるんだとか。

よくあるくだらない噂だと思って、気にも留めてませんでしたが、このあいだ、職場の上司の娘さんが、やはり青い目の黒猫を見たと聞きました。娘さんはその頃からひどい不眠を患《わずら》って、仕事をやめたそうです。上司も娘さんも、猫の噂のことは知らないみたいでしたが、その話を聞いて怖くなりました。


「でも、そのノートに書いてあることが本当の話かどうかなんて、わからないですよね」

結月がおそるおそる反論すると、榊はあっさりうなずいた。

「まあね。作り話だったり、脚色してる可能性はある。ここに置いてあるノートも、半分お遊びみたいなもんだし。ただ、ひとつだけ確かな情報源があるんだ」

「なんですか、それ」

気がつくと、結月は引きこまれるように尋ねていた。榊は少し間を置いて口をひらく。

「俺自身」

「え?」

「二年くらい前に、一度、青い目の黒猫を見たことがある。同じ時期から、俺はほとんど眠らないようになった。噂が本当かどうかなんてわからないが、調べてみたくなったのは、それがきっかけだよ」

ばかばかしいと思うか?　と、絶句している結月に榊は聞いた。自嘲《じちょう》するように細められた目は、ドン引きされても仕方ないと言いたげで、結月はうつむく。

「その猫のこと調べて、見つけてどうするんです？」

ばかばかしいと答えるかわりに、結月は質問を返した。

「さあ。もう一度そいつに会って、確かめたいのかもな。もし、そいつが本当に眠りを奪っていくんなら、取り戻せるのかもしれないし」

榊は落ち着いた声でそう答える。

結月がしばらく黙り込んでいると、榊は切り替えるように軽く息をついて笑った。

「妙な話をして悪かった。まあ、噂の収集をのぞけば、店のほうはごくまっとうな営業をしてるんで、眠れない時は立ち寄ってくれ」

会話を締めくくるように彼は言うと、ポケットから封筒を取り出し、テーブルに置く。

「これ……？」

「煙草代。払うって言ったろ」

覚えてたのかと思わず結月は顔をあげた。こんなものを用意しておくなんて、やっぱり律儀な人だ。

「いいです。受け取れません」

結月は封筒に指を置くと、そっと返した。かたくなになるつもりはないが、榊に煙草を譲ったことで結月の用事が済んだことを思うと、受け取る気にはなれなかった。

榊は少し困った顔をしたが、押しつけあいになるのも野暮《やぼ》だと思ったのだろう。

「わかった。これは預かっておく。もし君がまた店に来ることがあったら、その時は煙草分の珈琲を奢《おご》るよ。ここに来るかどうかは、君に任せる」

そう言って、榊は封筒を取りあげて引きさがる。結月はほっとして笑った。

「また来ます」

短く約束すると、榊は驚いたように少し目をみはる。

「珈琲、おいしかったし。今度は、夜に」

落ち着いて居心地のいい店内は、夜の空気の中ではどうなるのだろう?

隅にある古いレコードプレーヤーは、どんな音楽を流すのだろう?

眠れない夜に、今みたいな珈琲を飲むのはどんな気分なんだろう?

そんなことを考えると、どうしても夜にまた、この店を訪れたくなっていた。

「なら、待ってるよ」

結月の答えを聞くと、榊はほほえむ。

こうして結月は「セレナーデ」もとい、喫茶「どろぼう猫」の客となったのである。

2・眠れぬ夜の変奏曲

眠たげなピアノの音が行きつ戻りつするように、その曲は始まった。

呟きにも似たゆっくりとした音色はやがて、めまぐるしい奔流《ほんりゅう》となって流れ、一度終わりを告げたかと思うと、次の瞬間にはまた新たな音色を奏で始める。

プツン、プツンと雑音の混じるレコードを聴きながら、不思議な曲だなと結月《ゆづき》は思った。

雰囲気からしてクラシックだろうけど、なじみのない曲だ。

そのくせ、どこかで耳にしたことがある気もして、つい聴き入ってしまう。

「今日のはどうだ？」

カップを手にぼうっとしていると、カウンターの向こうから榊《さかき》が声をかけた。

「うん。知らない曲だけど、なんか落ち着く」

結月の答えを聞いて、榊はけげんな顔をする。

「珈琲《コーヒー》のことだよ」

「あっ、珈琲もいいと思う。ゆうべのより苦味がなくて、すっきりした感じで好きかな」

我に返り、あわてて感想をのべた結月に、「珈琲も、ね」と榊は苦笑をうかべた。

午前一時少し前。深夜喫茶「どろぼう猫」の店内は、カウンター席の結月のほかに、ソファ席が三つほど埋まっていた。

スケッチブックにせっせと鉛筆を走らせている老婦人に、窓際の席で本を読んでいる中年の紳士。そして、タブレット型パソコンを手に、ゲームに熱中している若い男性客の三名だ。それぞれがくつろいだ様子で座り、自分の時間を楽しんでいる。

路地に面した窓の外には、街灯の光が白く灯《とも》り、かすかにちらついていた。

結月がこの店を訪れるようになって、そろそろ二週間がたとうとしている。

はじめは、この店の夜の雰囲気を見てみたいというだけで訪れたのだが、思いのほか居心地がよくて、今では毎日のように顔を出していた。

同じマンション内という気安さもあるけれど、一番の理由は、ここに来れば同じように長い夜を眠らずに過ごしている人たちに会えるせいだ。

最初に約束したように、榊は結月に煙草《たばこ》分の珈琲をきっちりごちそうしてくれた。

珈琲の味を気に入って結月が店にひんぱんに顔を出すようになると、店のオリジナルブレンドをいろいろ試したいからと、榊が感想を尋ねるようになったのである。

「あたし素人《しろうと》だし、味覚だってあてにならないのに、参考になるんですか？」

「今回は酸味の少ないものを作りたいから、詳しくない人間の意見のほうが、かえって偏《かたよ》りがなくていいんだ。それに、俺だってまだこの店を始めて一年くらいのものだしな」

最初に結月が聞いた時、榊はそんな答えを返した。

オリジナルブレンドを結月が試す時は、感想を答えるかわりに珈琲代を割り引くという話になっているので、学生の結月にとってはありがたかった。

「うちとしては、常連になってくれるのは歓迎なんだが、こんな毎晩てことは、けっこうひどいんだな。不眠」

気遣うように見下ろした榊に、結月は珈琲をひと口飲んで、笑みでごまかす。

「もう慣れちゃったところもあるから、そんなに大変てわけじゃないけど」

顔を合わせることが増え、「敬語とか気を遣わなくていいよ」と言われたのもあって、榊とはだいぶくだけた口をきくようになっていた。

けれど、自分の個人的な事情を話すのは、まだ少し抵抗がある。眠れない理由を聞かれたらどう答えようかと思っていると、榊は別の疑問を口にした。

「大学に入ったばっかりだっけ。なら、うちみたいな店に来るより、君の年頃なら夜遊びのほうが楽しかったりするんじゃないか?」

その問いに、結月は頬杖《ほおづえ》をついたまま、ちょっと遠い目になる。

「なんかあたし……夜遊びの才能、あんまりないみたいで」

入学まもなくの頃はそれこそ、毎日のように友達と遊び歩いた。クラブなんて場所にも行ってみたし、サークルの飲み会に誘われたりもして、それこそ寝る暇もなかったくらいだ。けれど、そういう席はアルコールがつきものだし、酒ぐせの悪い先輩にしつこくからまれたりして、どちらかというと疲れることのほうが多かったのである。

夜ふかしは好きでも夜遊びが好きなわけじゃない、と気づけたのはよかったが、そうなると、とたんに長い夜を過ごすことが手持ちぶさたになってしまった。

あきらめておとなしく眠ろうにも、なかなか眠りは訪れないし、ベッドに入って目を閉じて、何度も寝返りを打ち続けていると、まるでこの世で目覚めているのは自分一人のように思えてたまらなくなる。あわてて飛び起きてテレビのスイッチを入れ、くだらない深夜番組の笑い声を聞いて、ほっとすることもしばしばだ。

そんな結月にとって、同じように長い夜を過ごす誰かのいる店は妙に居心地がよくて、落ち着ける場所なのだった。

「なるほどね。君がこの曲を気に入るのも、道理なのかもな」

納得げに言った榊に、結月は顔をあげる。

「え、どうして?」

「不眠症の人間のために作られたのが、この曲だからだよ」

榊の視線の先には、年代物のレコードプレーヤーが置かれていた。

夜をテーマにした書棚の本と同じように、店にストックされているレコードも夜にちなんだものばかりで、落ち着いたクラシックやジャズが流れていることが多い。

お客のリクエストやレコードの持ち込みにも対応しているから、音楽好きのお客もよく訪れるという話だった。

「不眠症のためって」

どういう曲なんだろう、と結月が尋ねようとした時、店の扉が開いた。

静かだった店内が、ほんの少し騒がしくなった気がしたのは、男女二人連れの客が何やら話しながら入ってきたせいだ。

「だから、荷物の心配してる場合じゃないでしょう」

「でも、派手にカゴから落としたし、パソコンのデータが消えてたら困るから」

「パソコンより自分の手当て、先にしてください。顔から血、出てますよ」

しかも、わりとただごとではない会話である。

「いらっしゃいませ。どうかなさったんですか」

カウンターから声をかけ、榊が出迎えると、二人連れの客の男性のほうがこちらを見た。

「ああ、いえ。すぐそこの道で、知り合いがちょっと怪我したんで」

そう答えたのは、黒のインナーにクリーム色のシャツを羽織った二十歳《はたち》くらいの男性である。がっちりした体格で、薄く日に焼けた肌と短めの髪が健康的な印象だ。

「怪我って言っても大したことないんです。飛び出してきた猫をよけようとしたら、自転車が塀にぶつかりそうになっちゃって」

気まずそうに答えた女性は、この店でよく見かけるお客だった。いつも窓際のソファ席でノートパソコンを開け、分厚いファイルや重たそうな本なんかをめくっている人だ。

年齢は二十代前半だろうか。キャラメルブラウンの長い髪をゆるく編んで下ろし、ロングスカートにクリーム色のカーディガンを羽織っている。落ち着いた雰囲気の女性だが、よく見ればこめかみのあたりに少し血がにじんでいるのが痛々しい。

自転車を急停止させた時にバランスを崩し、ブロック塀に頭を少しこすったという。

「すりむいただけでも、消毒くらいはしたほうがいいな。顔の傷だし」

榊は長身をかがめ、女性の顔をちょっとのぞきこむと、カウンター奥の部屋へと下がっていく。きっと、救急箱か何か取りに行ったのだろう。

「大丈夫ですか？　ほかに怪我してるとことかは」

すぐそばのカウンター席に座っていた結月が聞くと、女性はほほえんだ。

「ありがとう。荷物が落ちた時によろけてこすっただけだから、打撲とかではないんです。とっさに踏ん張ればよかったんだけど」

急停止してバランスを崩した時、自転車の前輪と前カゴを塀にぶつけ、持参していた荷物を地面にぶちまけてしまった。そこに、知り合いの男性が通りかかったのだという。

「自転車の前輪が電柱と塀の間に挟まってなかなか外れなかったから、すごく困ってたんです。前カゴも歪んで、荷物が入らなくなっちゃうし」

カゴに入らなくなった荷物は、男性が半分引き受けてここまで運んできたらしい。

「沖島《おきしま》くんがちょうど通りかかってくれて、ほんと助かった」

「道端で身動きとれなくなってる人がいたからぎょっとしましたよ。こんな時間にあんなとこにハマってたら、下手すると朝まであのままじゃないですか」

「さすがにそれはないわよ。待ってれば新聞配達の人とか通るだろうし」

「配達の人が迷惑なんでやめてください」

沖島と呼ばれた男性が顔をしかめると、奥から榊が消毒薬と絆創膏《ばんそうこう》を手に戻ってきた。

「これでいいかな」

「ありがとうございます。あとは自分でできますから」

「あたし、手伝いましょうか？」

自分の顔を自分で手当てするのはちょっと難しいだろうと申し出た結月に、女性は申し訳なさそうにうなずいた。

「すみません。お願いできますか」

「じゃあ、俺はこれで」

沖島が言い置くと、あわてて女性がもう一度礼を言った。

「あ、沖島くん。面倒かけてごめんね。ありがとう」

「べつにいいすよ。帰りも気をつけてくれれば」

「バイトからの帰りだったんでしょう？　お疲れさま」

女性の言葉に彼は「どうも」と短く答え、扉のほうに歩きかける。

ところが、その時、誰も予想しないことが起きた。

レコードプレーヤーから流れるピアノの音色が、ほんの少し途切れた瞬間。

まるで狙いすましたように、沖島の腹がぐぅー、と豪快に鳴ったのである。

店にいる誰一人、空耳と言い張れないほど盛大な音だった。

彼は足を踏み出した不自然な格好で固まっていたが、誰も突っ込まない状況に耐えかねたのか、ぎこちなく榊のほうを向いた。

「あの……食事のメニューってありますか?」

「もちろん」

笑顔で答えた榊の対応は、さすがと言うべきだったろう。

ほっぺたの内側を噛《か》んで笑うのをこらえている結月の隣で、女性が言った。

「オムライスがおすすめよ」


「大丈夫だったみたい」

テーブルの上に置いたノートパソコンを起動させると、女性客は中のデータを確かめてほっと息をついた。

ソファ席に移動して、顔の傷を消毒しようとすると、女性はその前にパソコンのデータを確認させてほしいと言い出したのだ。

「無事でよかったですね」

結月が言うと、女性客はパソコンを閉じてうなずく。

「はい。来月提出する論文が入ってて、消えたらちょっとしゃれにならないので」

女性は都内の大学の修士課程にいるとかで、論文を仕上げてゼミの教授に見せることになっているのだと話した。

「あ。じゃああたしにとっても先輩なんですね。あたしも同じ蛍沼《けいしょう》大なんです」

大学名を聞いた結月が言うと、女性はうれしそうに顔をあげる。

「え、ほんと？　学部どこ？　今何年？」

「文学部で、今年入ったばかりです」

「そうなの!?　わたしも文学部の修士課程で、立花音羽《たちばなおとは》っていうの。よろしくね」

明るく名乗った女性に結月も自分の名前を告げると、とりあえず、すり傷に消毒薬をつけて、大きめの絆創膏を貼った。

「向こうにいる沖島くんは、大学は違うけど、高校時代の後輩なんだ。まさかこんなとこで会うと思わなかったから、びっくりした」

「俺だってびっくりしましたよ、いろんな意味で」

カウンター席に座ってオムライスを待っていた沖島が、こちらを振り返る。

「つーか、先輩、こんな時間までここに論文書きに来てるんですか」

「うん。家だと集中できなくて。宵《よい》っ張りだから夜遅いのは平気なんだけど、このあたりに夜中まで開いてるお店ってあんまりないのよね」

居酒屋やバー、酒類を出すカフェならいくつかあるが、そういう場所は作業には向かないため、音羽は自宅から少し離れたこの店まで自転車で通っているのだという。

「このお店、集中できるし、珈琲もおいしいし、落ち着くの。それに、わたしの好きなものがたくさんあるから。この時計とか、あと、このノートとか」

ソファ席の傍《かたわ》らに置かれている、背の高いホールクロックを音羽はいとおしそうに見上げ、次にテーブルの上の布張りのノートを手に取る。

「どろぼう猫の噂《うわさ》を集めてるなんて、おもしろいわよね。わたし、ヨーロッパの古い伝承について専攻してるから、こういう、人の口を通じて伝わる話って興味があって」

ここに来るとつい読んじゃうんだ、と音羽が笑うと、聞きとがめたように沖島が尋ねた。

「どろぼう猫ってなんすか？」

「青い目の黒猫を見ると眠れなくなるっていう噂、沖島くん聞いたことない？」

「いや。俺は噂とかあんまり興味ないんで」

音羽が布張りのノートを差し出すと、彼は不審そうに眉を寄せつつも受け取った。

うさんくさそうにノートをめくった彼だったが、思いのほか引きこまれたように文章を目で追いはじめる。

しばらく無言で読んでいた沖島は、ふと何か思いだした様子で顔をあげた。

「そういえば先輩、猫をよけようとして自転車ぶつけたって言ってましたけど」

「うん」

「黒い猫じゃなかったですか？」

「そういえばそうだったかな。沖島くんも見たの？」

「塀の上に飛び乗るとこ見かけて、そのあと先輩の自転車に気づいたんで」

沖島はノートをめくりながらそんな答えを返すと、何か言いたそうに口をひらく。

しかし、途中で思い直した様子で頭をかいた。

「ま、いいか。噂なんてあてにならないし。本気にすんのもばかばかしい」

「確かにそれはそうだけど、でも、猫の目を見ただけで眠れなくなるなんて不思議だし、ちょっと面白いと思わない？」

笑みをうかべ、のんびりした口調で音羽が聞くと、沖島はうんざりしたように言った。

「なんか無責任じゃないすか、そういうの。不確かな理由で呪いみたいに言われたんじゃ、猫だっていい迷惑だ」

強い口調に、音羽ははっとしたようにうつむいた。

「あ……そうよね。ごめん」

その様子に気づいて、沖島は気まずそうに目をそらす。

「いや、べつに。俺がそう思うってだけですから。謝らないでください」

ぼそぼそと彼が弁解すると、間もなく、沖島のところに食事が運ばれてきた。デミグラスソースの香りが、ふわりと結月のところまでただよってくる。

「お待たせしました。冷めないうちにどうぞ」

榊はそう言って、カウンターに皿を置いた。

とろりとやわらかな半熟卵に包まれたオムライスは、結月もこの店に通うようになって一度だけ食べたことがある。夜中に食べるのはちょっと勇気のいる一品だけれど、その日は夕食を軽めにしたこともあって、思いきって頼んだのだ。

ふわふわの卵にスプーンを入れると、中のチキンライスにデミグラスソースが溶岩みたいに染み込んで、ひと口食べたら止まらなくなった。

沖島も同じだったのか、結月が感心するような食べっぷりであっという間にオムライスを完食すると、ようやく人心地ついたように息をついた。

「バイト前に晩飯食べそこねたんで、腹ぺこで目が回りそうだったんす」

このへん、深夜営業の店とかコンビニとかあんまりないし、と彼は続ける。表情がほぐれているところを見ると、ずっと不機嫌そうだったのは空腹のせいかもしれない。

「家、すぐそこだけど、こんなとこに店があるなんて知らなかった」

「うちは平日の深夜だけ開いてる店ですからね」

「へえ。なら、バイト帰りに寄れるかな」

榊の答えを聞くと、空になったオムライスの皿を見て、沖島は言った。

「じゃあ、沖島さんはあの夜、青い目の黒猫を見たんですか？」

結月が驚いて尋ねると、カウンターに座った男性客――沖島はうなずいた。

「先輩の自転車と出くわす、少し前だけど」

ソファ席で、今夜もノートパソコンに向かっている音羽をいちべつし、彼は答える。

先日の自転車の一件以来、二日と開けず、沖島は店を訪れていた。来るのはたいてい深夜二時を回ったくらいで、カウンターで夜食をすませて帰っていく。

あの夜、店に居合わせて以来、結月は沖島とも言葉をかわすようになっていた。

音羽は結月と同じ大学だが、沖島は他大学の三年だという。きつい顔立ちのせいで一見するととっつきにくく感じられるものの、話してみれば意外に気さくで話しやすい。

「確か、この近くでバイトしてるって言ってましたよね」

「ああ。倉庫に運ばれてきた荷物を検品なんかするバイトでさ。棚卸《おろ》しみたいなもんだから、夜中までかかることが多くて。そのぶん時給はいいんだけど」

バイトから帰る途中、塀の上に飛び乗った黒猫を見かけ、なんとなく顔をあげると、その猫と目が合ったのだと彼は話す。

「鈴のついた赤い首輪してて、まだそんなに大きくなかったんだけど、こっちを見た猫の目が真っ青で。なんか珍しいなと思って覚えてたんだ」

沖島が、ここへ来ると憂鬱《ゆううつ》そうな顔をしていたり、時折壁際のホールクロックを眺めてため息をついているのは、結月もなんとなく気づいていた。

理由を尋ねてみると、彼はこのところ寝つけないのだと答え、ここへ最初に来た夜、青い目の黒猫を見たことを話しはじめたのである。

「でも、あの時は噂なんてあてにならないって言ってたのに」

結月が突っ込むと、沖島はきまり悪そうに苦笑する。

「まさか自分が眠れなくなるなんて思わなくてさ。それに、あの時、黒猫の目の色が青く見えたのも、ただの見間違いだったのかもしれないし」

「音羽さんは見たんですか？　その猫の目」

結月はいつもの席に座っている音羽を振り返った。

ひと区切りついたように、パソコンの前でカップを手に取った音羽は、首を振る。

「ううん。わたしは猫が飛び出してきたのにびっくりして、よけるのに精いっぱいだったから。黒い猫だったけど、目の色までは見てないの」

「でもそれなら、沖島さんが眠れなくなったのってどろぼう猫のせいってこと……？」

結月は思わずカウンターの内側に立つ榊を見たが、彼は「どうかな」とあいまいに首をかしげただけだった。

「その猫が原因かどうかはともかく、このまま眠れないのは困るんだよな……」

深夜まで働いて家に帰り、翌日大学に行く生活で、眠れないというのは過酷《かこく》だろう。面やつれした沖島の顔には、隠しきれない疲れが見える。

「さっさと寝なきゃまずいって思っても、余計なこと考えて目が冴えるばっかりだし」

沖島の言う感覚は、不眠症の結月にもよくわかるから、他人ごととは思えなかった。

「あんまり、深刻にならないほうがいいと思うよ」

ふと、ソファ席に座っていた音羽がぽつりと言った。

「永遠に眠れない人なんていないんだし、いつかは眠れるようになるんだから。いっそ、眠れない時間はおまけみたいに考えて、楽しんじゃったらどうかな」

「楽しむ？」

けげんそうに沖島が問い返すと、音羽はこくりとうなずく。

「うん。いつもは眠ってるはずの時間に、いつもと違うことができるってお得じゃない？眠ってたら出会えなかったはずのものって、きっとたくさんあるだろうし」

「……そんなもんすかね」

釈然としない顔で答えた沖島を見て、音羽はちょっと身を縮める。

「ごめんね、勝手なこと言って。本人にとっては深刻な問題だよね」

「でも、楽しむっていうのは悪くないと思いますよ。少なくとも、うちの店に来ていただければ、寝ずの仲間はいくらでもいますからね」

助け舟を出すようにそんなことを言った榊に、沖島はふと店内を見回した。

「寝ずの仲間、ですか」

奥の席で本を読んでいる常連の紳士。ソファにくつろぎ、ひと針ひと針、味わうようにゆっくりと刺繡《ししゅう》を刺している老婦人。夜食メニューを一心にほおばっているのは、沖島のように深夜勤務を終えて立ち寄る若い男性客だ。今夜はさらに、並んで二人掛けのソファに腰かけて、店で貸し出しているタブレットで映画を見ているカップルもいる。

「そっか。ここに来ると、ほっとするのってそのせいかも」

寝ずの仲間、という言葉が妙に腑《ふ》に落ちて、結月は一人、呟いた。問うような視線を投げかけてきた榊に、結月は答える。

「たとえば、朝早く起きて仕事とか学校に行って、夜は十二時前か、遅くても一時か二時には寝る。そういうのが『普通』で『正しい』って思ってると、ちゃんとした時間に眠れないのがいけないことみたいで、苦しくなる時があるから」

けれど、ここで夜を過ごす人たちを眺めていると、生活のサイクルも楽しみ方もそれぞれなんだとわかる。

「生活がきちんとしてて、早寝早起きが習慣になってる人から見ると、明け方まで平気で起きてるなんて信じられないって言われるわね」

音羽の言葉に、榊は苦笑する。

「人それぞれ、必要な睡眠時間は違いますからね。必ずしも、毎晩決まった時間に同じ時間だけ眠らないといけないってことでもないんですが」

「でも、生活時間てけっこう大事ですよ。わたしが前につきあってた人なんて規則正しくて完璧な朝型だったから、夜ふかしなんてだらしないってよく怒られたし。健康的じゃないのは自分でもわかってるから、そう言われちゃうと反論できないんですよね」

彼女がそう続けると、沖島はしばらく考えこんだあとで、困ったように言った。

「どっちかっていうと俺も、決まった時間に寝て起きるのがあたりまえの生活してたんで、眠れないことを楽しめばいいって言われても、正直どうしていいんだか」

毎晩遊び歩くような金もないですし、とつけ加えた沖島に、音羽は苦笑する。

「べつに外に出かけなくても、とりあえず、できそうなことを試してみたらいいんじゃないかな。早く眠りたいなら、リラックスできる方法はいくらでもあるし。夜ふかしのお供になりそうな映画や本なら、わたしも少しはおすすめできるわよ」

「本ねぇ。レポートに必要なの以外はあんま読まないな、最近」

沖島はぼんやり呟くと、壁際の書棚を眺めた。

「寝る前に字の詰まった本だと疲れるかもしれないから、写真集なんかいいかもね。風景とか、動物とかの」

音羽は立ち上がると、書棚の前にかがみこみ、何やら楽しそうに物色を始める。

「これなんかどうかな。沖島くん、高校の時、山岳部だったわよね」

ヒマラヤの写真集や、立山連峰《たてやまれんぽう》の四季を撮影したエッセイ集などを次々に取り出す音羽を見て、沖島は本棚に近づく。

「まあ、このくらいならすぐ読めるか。って、論文やんなくていいんすか、先輩」

「わたしのほうは大丈夫。それより、やっぱり顔色よくないね。楽しめばいいなんて無責任なこと言っちゃったけど、あんまり深刻なら、診察とかも受けてみたほうがいいかもよ」

沖島を見上げ、少し心配そうに音羽が言った。

「そこまではべつに。俺のことはいいんで、自分のことやってください」

「実はちょっと煮詰まってて。全然進まないから気分転換につきあってよ」

「なんすかそれ」

あきれた声を出しつつも、音羽の差し出した本をいちいち手に取って、沖島はぱらぱらと中を確かめる。二人が話し込んでいる様子は傍目《はため》にも楽しそうに見えた。

結局、その日は音羽が作業に戻ることはなく、彼女が会計に立ったのは午前三時を回った頃のことである。

「あ、結月ちゃん。これ、よかったら使って」

帰り際、音羽が結月に差し出したのは、クリアファイルに入ったコピー用紙の束だった。

「もうすぐ前期試験でしょ？　わたしが一年の時の試験問題だけど、ほとんど傾向は一緒だから、少しは役に立つかと思って」

「ほんとですか。ありがとうございます！」

一年の一般教養の科目が思いのほか多くて、試験対策の手が回らないと思っていたところだ。結月が飛びつくように受け取って礼を言うと、音羽は笑った。

「さすがに同じ問題、使い回してる教授はいないから、あんまり期待しないでね」

「でもすごく助かります」

「よかった。じゃあ、またね」

音羽は手を振って店を出ていく。クリアファイルを胸に抱いたまま結月は息をついた。

「あたしとなんて店で会うだけなのに、わざわざ用意してくれたのかな。音羽さん」

結月が呟くと、カウンターの席で写真集をめくりながら、沖島が答える。

「昔からああなんだよ、あの人」

「昔から？」

「人がいいっつーか、面倒見がいいっつーか。俺が高校ん時もあんな感じで、大して親しいわけでもない人間の世話までよく焼いてたし」

音羽は高校時代、生徒会にいたのだと沖島は話した。

「俺が一年の時、部室棟に空き巣が入る事件があってさ。俺がたまたまそん時、最後まで部室棟に残ってたもんだから、ちょっと疑われて、いろいろ噂になったんだけど」

音羽は部室棟にいた生徒に片っ端から聞き込みをして事実関係を確かめ、犯人は沖島ではないと証明してくれたのだという。

「へぇ。探偵みたい」

「普段はけっこうぼーっとしてるくせに、妙に鋭いとこあるんだよな。で、そのあと警察の捜査で犯人は外部の人間だったたってことがわかったんだけど、それもだいぶあとになってだから、先輩がいなきゃ、高校にいる間、俺はずっと疑われたまんまだったと思う」

沖島は音羽が座っていた席をちらりと振り返る。

「だからまぁ、俺にとっちゃ恩人みたいなもんだな」

「そういえば音羽さん、さっきも論文そっちのけで沖島さんの本選んでましたよね」

気分転換だと言っていたが、沖島のことを心配したのかもしれない。

「俺のことなんて、ほっとけばいいのにな」

頬杖をついてぼそりと呟くと、沖島は遠い目をした。

「何かいいことでもあったんですか?」

榊が音羽にそう尋ねたのは、午前二時半を過ぎた頃のことだった。

その夜も定位置のソファ席でノートパソコンに向かっていた音羽だったが、今しがた明るい顔で、榊に珈琲の注文とレコードのリクエストをしたところだったのだ。

「さっきようやく論文が完成したんです。直しが必要かもしれないですけど、期限にも間に合いそうだから」

「それはおめでとうございます」

「ありがとうございます。これで心おきなく準備に専念できます」

「準備、ですか」

棚から彼女が希望したレコードを抜き取った榊に、音羽はうなずいた。

「ええ。実は、今度ドイツの姉妹校に留学することが決まってて。本当は修士課程が終わったあとに行く予定だったんですけど、わたしの研究内容を扱ったカリキュラムが今年から組まれることがわかって、教授がすすめてくださったんです」

留学準備をするかたわらで、今までの成果と研究目的をまとめた論文を留学先の大学に提出することになっていたため、ほとんど寝る間もないくらい忙しかったらしい。

昼間は大学に行き、夜はこの店で論文を書いて、夜明け前に家に戻って仮眠を取るという生活をしていたのだと音羽は話す。

「それは大変でしたね」

「本当はもっと時間をかけて準備するものなんですけどね。せっかくのチャンスだから」

「留学って、いつからなんですか？」

榊とのやり取りが耳に入っていたのか、カウンターに座っていた沖島が振り返る。

「実際の講義は九月からだけど、事前講習もあるから、来月には向こうに行かないと」

一年たったら戻ってくるわよ、と音羽が言うと、沖島はそうですか、と答えて黙り込む。

榊は棚からレコードを取り出すと、プレーヤーにセットして針を落とした。ジジ……というノイズがスピーカーからこぼれ、呟くようなピアノの音色がゆっくりと流れ出す。

「この曲……」

カウンター席でそのやりとりを眺めていた結月は、聞きおぼえのある曲に顔をあげた。

「沖島くんと最初にここに来た日の夜、この曲が店で流れてて、何となくまた聴きたくなったの。眠れない夜の音楽っていえば、やっぱりこの曲かなって」

「眠れない夜のって……どうして？」

そういえば、榊もこの曲は不眠症の人間のためのものだと言っていた。

「これ、バッハのクラヴィーア練習曲のひとつで、『アリアと30の変奏曲』っていうんだけど、有名な逸話が残ってるの」

バッハにこの曲の制作を依頼したのは、貴族のカイザーリング伯爵という人物で、伯爵は当時、病気のせいでひどい不眠に悩んでいたという。

その伯爵のもとにはゴールドベルクという少年がチェンバロ演奏の腕を買われて保護を

受けており、伯爵が眠れない夜はいつも、無聊《ぶりょう》を慰めるために曲を奏でていた。

「でも、伯爵のために弾く曲も、すぐに尽きてしまって。それで交流のあったバッハに、眠れない夜の友になるような新しい曲を依頼したらしいの」

カイザーリング伯爵は完成した曲を「私の変奏曲」と呼んでことのほか気に入り、繰り返し聴いて飽きることがなかった。そして眠れない夜はいつも「ゴールドベルクよ、私の変奏曲を弾いてくれ」と彼の演奏者に頼んだというのだ。

「だから、この曲は演奏者の少年にちなんでゴールドベルク変奏曲って呼ばれてるの。ただ、当時十四歳だった少年が弾くには難曲すぎるから、この逸話は作り話じゃないかって疑われてたりもするんだけど」

音羽は言葉を切ると、目を細めて笑った。

「でもわたし個人の感想としては、やっぱりこの曲は、ゴールドベルクが眠れない夜を過ごす伯爵のために弾いていたって思いたくて。だってそう考えたほうが、素敵でしょう?」

「素敵……ですかね」

音羽の話を聞いていた沖島は、ぽつりと言った。

「確かに、眠れないっていう伯爵にとっちゃありがたいことかもしれないけど、ゴールドベルクのほうはどうだろうな。眠れない人間につきあって毎晩演奏するのは、かなり大変だったんじゃないですかね」

そんなことを口にしたあとで、我に返ったように苦い顔になる。

「すいません。なんか水を差すようなこと言って」

ううん、と音羽はほほえむと、言葉を選ぶように少し沈黙した。

「確かに、眠れる人が、眠れない人につきあって夜を過ごすのは簡単なことじゃなかったかもね。……でも、眠い目をこすりながらでも、眠れない自分に寄り添って、長い夜を過ごしてくれる人がいたら、すごくしあわせなことだとわたしは思うから」

退屈な長い夜を埋めるためではなく、眠れぬ夜を楽しむために、この曲の制作は依頼された。そのせいか、かろやかな音色はよろこびにあふれているように感じられる。

もし、と流れてくるピアノに耳を澄ませながら結月は思った。

そんなふうに、眠れない自分のために、そばで曲を奏でてくれる誰かがいたら、どんなに救われるだろう。

頬杖をついて、時折演奏者の歌声がまじるピアノに耳をすませていると、ふたつ隣に座った沖島もまた、何ごとか考えるように目を伏せて黙り込んでいるのが見えた。

「沖島さん。少し、うかがってもいいですか」

榊がそう声をかけたのは、レコードが終盤にさしかかった頃のことだった。

ソファ席では、音羽が心地よさそうに目を閉じて、演奏に聴き入っている。

鑑賞の邪魔にならないようにか、榊はだいぶ声を落としていたが、近くにいる結月の耳にはかろうじてその言葉は届いた。

「何すか」

けげんそうに顔をあげた沖島に、榊はおもむろに自分のスマホの画面を差し出す。

「以前、沖島さんが見たっていう青い目の黒猫、こんな感じじゃありませんでしたか？」

画面をのぞきこみ、まじまじと確かめた沖島は、驚いたように絶句する。

「当たりですか」

「……確かに、このくらいの猫でした」

榊の問いに、沖島はうめくように言ってうなずく。ついでに結月にも見せてくれたその画面には、ふわふわとやわらかそうな黒い毛に、真っ青な目をした子猫が映っていた。

「沖島さんが見たのは、たぶん、都市伝説に出てくるようなどろぼう猫じゃなく、どこかで飼われていた黒猫だと思います」

「なんでそんなことがわかるんですか」

「沖島さんが見た猫は、鈴つきの赤い首輪をしていたと言っていたでしょう？　それに、あまり大きくなかったとも」

「ええ」

「都市伝説に出てくるどろぼう猫は、黒い大猫なんです。青い目の黒猫はほとんど実在しないことから生まれた噂だとも言われてますが、ひとつだけ例外があって、子猫のうちであれば、ごく少数ですが青い目をした黒猫もいるんですよ。そういった猫は、大人になると瞳の色が変化して青色ではなくなってしまうんですが」

「じゃあ、俺が見たのって」

「まだ瞳の色が変わる前の、子猫だったんだと思います。きっと、どこかで飼われていたのが逃げ出したんでしょう」

抑えめの声で告げた榊に、沖島はこわばった顔をした。

それを見守っていた結月は疑問にかられ、つい口をひらく。

「でも、だったらなんで？」

沖島が見たのがどろぼう猫ではなかったとしたら、なぜ彼は眠れなくなったのだろう。

「理由は、ご自分でお気づきなんじゃありませんか」

曲の隙間に、そっとすべりこませるように榊が言うと、沖島の目がわずかに揺れる。

動揺を隠すように、顔の前で両手を組み、彼はそれきり何も言わなくなった。

曲が終わると、音羽は満足したように席を立ち、カウンターに歩み寄る。

「お会計、お願いします」

「論文が完成して何よりですが、さびしくなりますね」

伝票をチェックしながら榊が言うと、音羽はほほえむ。

「ええ。でも、帰国したらまた来ます。このお店、大好きだから」

名残惜《なごり》しそうに店内をそっと振り返ったあとで、何か思い出した顔になり、音羽はトートバッグをさぐった。

「そうだ。沖島くん、よかったらこれ、もらって」

ハンドサイズの薄い本を差し出され、沖島は目をみはる。

「荷物の整理してたら見つけたの。わたしの一番好きな写真集」

音羽が渡した本の表紙には、雪原の中、なぜか一頭の犬を大事そうに抱きかかえたシロクマの写真が写っている。

「すごくいい本だから癒《いや》されると思う。……早く眠れるようになるといいね」

そんな言葉を残して、音羽はいつものように大きな荷物を手に、店を出ていった。

人ひとり分の気配が消えて、店の中がなんとなく前よりも静かになる。

ぼんやりと、渡された本を見下ろしている沖島に、榊が告げた。

「今なら、伝わるんじゃないですか。沖島さんが眠れなかった、本当の理由」

沖島は眉を歪めると、どこか途方に暮れたように額に手をあてる。

しかし、迷っていたのは一瞬で、榊の言葉に背中を押されたように立ちあがった。

「会計いいすか。俺も帰るんで」

手早く会計をすますと、彼は本を手にしたまま、足早に店を出た。

厚みのある扉が閉まる直前、「待ってください!」という彼の声が結月の耳にも届く。

けれど続きは閉じた扉にはばまれて、もう誰にもわからなかった。


「じゃあ、沖島さんがこの店に来てたのって、音羽さんに会うためだったたってこと？」

店の奥で本を読む紳士に、今日はレース編みをする老婦人と、常連客だけになった店内で、結月はカフェオレをひと口飲んで顔をあげた。

「ああ。そこの時計を確かめるついでに、よく彼女のこと見てたみたいだし。眠れないって言うわりに、時々あくびをかみ殺してたり、頬杖ついてうつらうつらしてたからな」

ここにいるとよく見えるんだ、とカウンターの内側に立って榊は言う。

「どろぼう猫のせいで眠れないってことにしときたかったみたいだから、ひょっとすると本人もあんまり自覚してなかったのかもしれないが」

それでも、彼女のことが気になっていたことは確かなのだろう。

理由がわかってすっきりするのと同時に、しょっちゅう店で顔を合わせていたにもかかわらず、気づかなかった自分の鈍さに結月はあきれた。

「若いっていいわね。なんだか少しうらやましいわ」

楽しそうに言ったのは、奥の席でレース編みをしていた老婦人だ。

手芸が趣味という老婦人は、店にいる時はボタニカルアートで刺繍の図案を作ったり、手の込んだ編み物などをして過ごしている。

「私もリクエストをいいかしら。グールドもいいけど、リヒターの名演もなつかしくて」

カウンターに近づき、レコードのリストを示した老婦人に、榊はうなずく。

「わかりました。お待ちください」

ほどなくして、別のレコードがプレーヤーにかけられると、さっきと同じ旋律がスピーカーから流れだした。けれど今度はピアノではない。高く澄んだチェンバロの音色だ。

夢みるような幻想的な音色を聞きながら、結月はふと気になって口をひらいた。

「あの二人、うまくいくと思う?」

「さあ。どうだろうな」

自分で背中を押したわりに、榊はあいまいな答えを返す。

「でも、彼をどろぼう猫のせいで眠れないままにしておくよりは、ましな結末だろ?」

そうかもしれないと結月は思い直した。

沖島が眠い目をこすって音羽に会いに来ていたのなら、ひょっとすると、その気持ちは彼女にも伝わるかもしれない。

眠れない人に寄り添う曲を、音羽はあんなにしあわせそうに聴いていたのだから。

3 • 真夜中の小さな客

結月《ゆづき》が店に入ると、カウンターの向こうでは榊《さかき》がおたまを片手に鍋をのぞきこんでいた。

「いい匂い。カレー作ってるの？」

榊は顔をあげ、結月の問いに答える。

「ああ。早いな、まだ開店前だぞ」

「借りてたＤＶＤ、返しておこうと思って」

結月は手にしていた映画ソフトのパッケージをカウンターに置いた。

数日前、夜ふかしの友になりそうな映画を榊にすすめてもらい、ソフトを借りたばかりだった。返すのは次に店に来た時でいいと言われたのだが、金曜の今夜は店に予約が入っていると聞いていたし、来週は来られそうになかったから、開店前に立ち寄ったのだ。

雨こそ降っていないが、外は少し蒸していた。六月も末に差しかかり、結月がこの店に出入りするようになってひと月半が過ぎようとしている。

同じマンション内ということもあって、ほとんど毎晩のように入り浸っているせいか、なんだかずいぶん昔からこの店に通っているような気がしていた。

「それ、ひょっとして新メニューの試作？」

ぐつぐつと煮えているカレーを見て結月は尋ねた。

一年ほど前からこの喫茶店の店主をつとめている榊だが、店自体はもともと、マンションのオーナーが始めたものらしい。オーナーは趣味が高じて店を持つまでになったようだが、本人は希少な豆を求めて世界各地を回っているとかで、ほとんど日本にいないという。

そのオーナーが旅立つ前に、榊は珈琲《コーヒー》の淹《い》れ方と軽食メニューを習得したものの、料理のほうはまだ修行の余地ありとのことで、よく新メニューの試作をしていると話していた。

「いや、これはただのまかないだ。予約客が来る前に、腹ごしらえをしておこうと思ってね。よかったら君も食べていくか？」

「いいの？」

結月は思わぬ誘惑につい身を乗り出す。夜中にかぐカレーの匂いはある意味反則だ。

夕飯は大学の学食ですませたとはいえ、食べたのは六時過ぎと早かったし、量も少なかった。今の時刻は十一時と、ちょうど小腹がすく頃合いである。

「それ、榊さんが全部食べるの？」

ＩＨ調理器にかけられているのは家庭用のカレー鍋だったが、一人で食べるには量が多い気がした。

「いや。もともと、高尋《たかひろ》の奴がカレーが食いたいと言いだしたんで、余分に作ったんだよ」

「で、そのセンセイは？」

結月はカウンターのスツールに腰を下ろし、店内を見回す。

湊川高尋《みなとがわたかひろ》は榊の友人で、最初に屋上で会った夜、榊を呼びに現れた人物だ。

体調を崩した榊を湊川が運ぶのを手伝って以来、店でもよく顔を合わせる。

結月が彼を「センセイ」と呼ぶのは、銀縁眼鏡に温厚そうな顔が教師っぽいから……ではなく、近くでメンタルクリニックを開業する医師だからだ。

聞くところによると、湊川はこの店のオーナーの息子で、榊と一緒に店を任されているらしい。ただ、彼は病院のほうが忙しく、喫茶店にまでは手が回らないため、実質、榊が店主をつとめているようだ。店にも週に何度か顔を出せばいい程度である。

「福神漬けとらっきょうを買いに行った」

「こんな時間に?」

「カレーには不可欠だからって聞かなくてな。俺はなくてもべつにいいと言ったんだが」

「そっか。カレーって人によっていろいろ好みがあるもんね。あたしのサークルの先輩、カレーにおしょうゆかけて食べてたし」

「信じがたい趣味だな」

榊は呟いて鍋のカレーをかき混ぜると、ＩＨ調理器のスイッチを切る。

「なかなか戻ってこないから、先に食っちまおう。そこの皿、取ってくれないか」

結月はカウンターの中に入ると、皿を用意して、鍋の中をのぞきこんだ。

「とろっとろだね、このカレー」

「夕方から煮込んでたからな。具も大きめに切ったんだが、ほとんど溶けたな」

夜食なので、ご飯は少なめに盛ることにして、結月がいざカレーをかけようとすると、思い出したように榊がオーブンから何か取り出した。

「こいつも焼いておいた。好みでのせてくれ」

「あ、何それチキン？　いるいる」

こんがり焼けたチキンを切り分けてご飯にのせ、上から黄金色のカレーをかけてもらう。

結月はカウンターに腰を下ろしてスプーンを握った。榊は夜食でも遠慮することなく、大皿にたっぷり盛りつけている。

具材が溶けこんだカレーは辛さもほどよくて、チキンと一緒に口に運んだ結月はうっとりした。

「皮もパリっとしてておいしい。ちゃんとしたお店のカレーみたい！」

「いちおうここも、ちゃんとした店なんだが」

結月の失言に突っ込みを入れつつ、榊は自分もカウンターの席に座り、食事を始めた。

店の扉が開いたのは、結月が食べ終え、榊が二皿目に取りかかった頃だった。

入ってきたのは三十前後の男で、夜も遅い時間だというのにネクタイにスーツ姿だったが、これが彼の基本仕様なので問題ない。

「あ、センセイ。おかえりなさい」

「結月さん、いらしてたんですか」

声をかけると、湊川高尋は眼鏡の奥で目を細め、やわらかな笑みをうかべる。

カウンターに近づいた彼は、もくもくとカレーを口に運ぶ榊を見て固まった。

「大人しく待ってるような殊勝な奴じゃないとは思ったけど……血も涙もないな」

顔を引きつらせた友人を見あげ、榊は尋ねる。

「あったか？　福神漬けとらっきょう」

「あったとも。いつものコンビニになかったから、駅前のスーパーまで走ったよ」

手にしていたビニール袋から、湊川は福神漬けとらっきょうを戦利品よろしくカウンターに並べる。じゃあ盛りつけるか、と立ちあがった榊をよそに、カレー鍋の中をのぞきこんで、湊川は目をむいた。

「ごっそりなくなってるじゃないか！　これのために、僕は晩飯も抜いたんだぞ」

「ごめんなさい、あたしも食べちゃった」

絶望的な顔をした湊川を見て、結月はおずおずと口を開く。

「結月さんはいいんです。人の分までむさぼり食ってるこの男にくらべれば、大した量じゃないでしょうから」

じろりと湊川に睨《にら》まれた榊は、心外そうな顔で振り返った。

「人聞きが悪いな。おまえの分なら、ちゃんと残してあるぞ」

「鍋底にへばりついてるのを残してあるとは言わないんだよ」

「辛くするなって言うから抑えめにしたが、もう少しパンチが効いてたほうがいいな」

「ごまかすな！　だいたい、福神漬けもらっきょうもいらないって言ってたくせに、何で食べようとしてる」

買ってきた福神漬けとらっきょうを、平然と自分の皿に取り分けているのを見て湊川が突っ込むと、榊は悪びれもせず答えた。

「いや。なくても気にしないって言っただけで、いらないとは言ってない。やっぱりカレーには福神漬けとらっきょうはつきものだな」

「待ってセンセイ、落ち着いて！」

おたまを投げつけようとしている湊川を結月は止めると、再びチキンカレー（福神漬け&らっきょう付き）を食べはじめた榊に尋ねた。

「それにしても、榊さん食べすぎじゃない？　それ二杯目なのに」

「食わないともたない」

榊は結月の問いにそっけなく答えてグラスの水を飲み干す。

「こいつは胃の中にブラックホールを飼ってますから、常識で考えたらだめなんです」

湊川はあきらめ口調で言うと、自分のカレーを鍋の底からかき集めてよそった。榊もさすがに最低限の良心はあったのか、グリルチキンは一人分確保されていたので、湊川はちんまりと盛られたカレーを前に、つつましく手を合わせる。

「まあでも、夜の間ずっと働いてるならそれくらい食べないと足らないかもね。午前零時から朝四時までってけっこうあるし」

「いや、途中でもう一回、夜食休憩取るけどな」

豪快に二皿目を平らげつつ、あっさり言った榊に結月は愕然《がくぜん》とした。

「え!? 夜食二回食べるの?」

「ああ。だいたい同じくらいの量な」

深夜か明け方か、呼び名はどうであれ、そんな時間に大量の夜食を二回も食べたら、さすがにもたれてもっと眠れなくなりそうだ。

「そんなに食べたら、朝ごはん食べられなくなりそう……」

げんなりしつつ結月が聞くと、榊はこともなげに答える。

「いや? 朝食もしっかり取るぞ。昼間も仕事してるからな」

深夜カフェの店主をつとめるかたわら、昼間は池袋《いけぶくろ》にある会計事務所に勤務していると聞いて、結月はのけぞりそうになった。

「昼間も仕事!? そんなんで寝る時間あるの?」

「休息時間は取ってある。昼間の仕事も忙しい時期以外は定時で上がれることが多いし」

「せめてどっちかの仕事はやめるなり勤務時間を減らすなりすればいいんですけどね」

湊川はスプーンを動かす手を止めると、ぽつりと言ってため息をつく。

「でも、いくら昼間も夜も仕事してるっていってもちょっと食べすぎだと思うけど。それに、いつもそんな食べてるのに太らないって……」

今の夜食だけでも尋常な量ではないのに、それが毎日続くとしたら、結月ならとたんに体重にはね返りそうだ。にもかかわらず、榊の体型はしっかり引き締まっている。

「ただの体質だろ」

大皿に盛ったチキンカレーを食べきると、榊は涼しい顔で口をぬぐう。いくら食べても太らないなんて、はっきり言って女性の敵だ。

相伴《しょうばん》にあずかったお礼に、結月が片付けを手伝っていると、湊川が言った。

「それにしても、ほとんど毎晩いらしてくれてるみたいで店としてはありがたいですが、結月さんは体調とか大丈夫ですか？　あまり不眠がひどいようなら相談に乗りますよ」

垂れた目尻のせいか、人好きのする笑みをうかべ、結月を見る。落ち着いた声と話しぶりのせいか、なんでも打ち明けたくなる雰囲気が湊川にはあった。

丁寧な口調は精神科医という仕事がら身についてしまったものとかで、本人によると「身内以外だとつい、こういう口のきき方になってしまうんですよ」ということらしい。「僕のこれは癖みたいなものですから気にしないでください」と言われ、最初は敬語を使っていた結月も、いつの間にかタメ口になってしまっている。

「確かに、眠れないとしんどい時もあるけど、病院に行くほどかどうか……」

「カウンセリングといっても大げさなものではありませんし、不眠の原因は精神的なものばかりとは限りませんからね。気になるようでしたらいつでも来てください」

「でも、眠れないくらいで病院に行く人っているのかな」

「多いですよ、最近は特に。生活習慣や環境の変化、ストレスなんかが原因で睡眠が満足に取れない人が増えてますからね」

「不眠の治療っていうと、睡眠薬とか飲むんでしょう?」

薬を使うのは少し怖い気がして、結月はためらう。

「そういう場合もありますが、生活習慣が原因の場合は、食事や運動で改善することもあります。睡眠相後退症候群なら、就寝時間を少しずつずらしていく方法が取られますし」

「スイミンソウ?」

聞きなれない言葉に首をかしげると、湊川はおだやかに説明してくれた。

「睡眠相後退症候群というのは、夜型の生活を続けているうちに朝起きて夜眠るという生活のリズムがずれてしまう症状のことです。人間の体は、朝起きて日の光をあびることで体内時計がリセットされるようになってるんですが、夜型の生活を続けるうちに少しずつそれがずれていってしまうんですね。だから夜になっても眠れないし、逆に明け方や昼間なんかに眠気を感じるようになってしまうんです」

若い方に多いんですよ、とつけ加えるのを聞いて、結月は自分の生活を振り返った。

「確かに、大学に入ってから、けっこう不規則になってたかも」

「結月さんの場合は、また違った診断になるかもしれませんけどね」

「そのへんにしておけ。ここでそういう話はするなと言ってるだろう」

低い声で榊が釘を刺すと、湊川は困ったように笑った。

「ただの雑談だろ？　そう怖い顔するなよ」

「度が過ぎればただの営業妨害だ」

「そっか。お客さんが眠れるようになったら、このお店、商売あがったりだもんね」

考えてみると、不眠を治療する医師が、眠れないお客のための深夜カフェを経営しているというのは、おかしな話だ。どうしてこういうことになったのだろう？

榊と湊川の関係といい、この店にはいろいろと謎が多い。

少し聞いてみようかと結月が口を開きかけた時、カウンター奥で電話の音が鳴り響いた。

榊は立ちあがり、古びたダイヤル式電話の受話器を取る。

「はい。こちら喫茶『セレナーデ』です」

そのまま聞くともなしに聞いていると、電話を受けた榊が戸惑ったように答えた。

「え？　はい。確かに、うちの店はそう呼ばれてますが」

言葉を切り、電話の向こうに耳をすませた榊は、ふいに眉を寄せ、口調を変える。

「大丈夫、心配するな。近くに何か目印になりそうなものはあるか？　そう、何でもいい。そこから見えるものだ。……そうか。わかった。今迎えに行く。そこを動くんじゃないぞ。

俺の名前は榊だ。そう、サカキ。黒い服を着てる。別の大人が来てもついていかないように。五分で行くから、三百数えてそこで待ってろ」

嚙《か》んで含めるように、榊は根気強く受話器の向こうに言いきかせると、電話を切ってこちらを向いた。

「真臣《まさおみ》、今のって……」

「今夜予約してたお客だ。うちに来る途中で道に迷ったらしい。迎えに行ってくるから、ちょっと店番しててくれ」

湊川の質問を遮って榊は言いおくと、スマホを手に店を出ていく。

残された結月と湊川は、なんとなく顔を見合わせた。

「電話のお客って、ひょっとして……」

「今夜は少し、妙なことになりそうですね」

結月の呟きに、湊川はそう予測したのだった。

結論から言うと、湊川の予測は当たった。

結月のほかに客のいない店内には、気まずい沈黙を埋めるように、旧式のレコードプレーヤーから静かなジャズピアノが流れている。上品で落ち着いたその曲は日付が変わる前の時間にふさわしく、少し眠たげでやさしい響きだった。

店のカウンター席に腰を下ろしているのは、先ほど店にやってきた客だ。

スツールのステップにさえ足の届かないその姿は、どう見ても小学校低学年くらいの男の子である。身につけているのは両胸にフラップポケットのついた襟《えり》つきのシャツに、ハーフパンツ。ブランド仕立てと思しき服や、すっきりとデザインカットされた髪型なんかを見ると裕福な家の子供っぽいが、問題はそこではない。

「榊さん……誘拐は犯罪だよ？」

結月が声をひそめて忠告すると、榊は顔を引きつらせた。

「誰が誘拐なんかするか。この展開は俺だって予想外だ」

あれから二十分ほどして、榊は泣きべそをかいた男の子を抱えて戻ってきた。

電話を受けて迎えに行くと、榊の名前を聞くなり抱きついてきたという。

事情を聞こうにも、店を探す途中で道に迷ったのがよほど心細かったのか「どろぼう猫の店に行く」と泣きながら訴えるばかりで、「高原陸翔《たかはらりくと》」という名前がかろうじてわかっただけだという。ひとまず落ち着かせるため、榊は陸翔を連れて店に戻ってきたのだった。

「まあ、さすがに俺も、途中で警官に職質されかけた時は、もうだめかと思ったけどな」

疲れた顔で榊はため息をついた。

もっとも、警官に声をかけられる前に「早く行こうよお兄ちゃん！」とかなんとか陸翔が言って榊にしがみついたため、その場をなんとか切り抜けたらしいが。

「本当に、あの子が今日予約してたお客さん……なの？」

カウンターに座る陸翔をそろりと見て、結月は聞いた。

「どうもそうらしいな。名前は間違いないし。受け取ったメールの文章からすると、とても子供とは思えなかったんだが」

榊はそう言って難しい顔で顎《あご》に手を当てる。

もともと、店のブログを通じて、どろぼう猫に関するメッセージを送ってきた人物がいたのが今回のきっかけだったらしい。その人物は、どろぼう猫に関して相談したいことがあると榊に持ちかけたため、今夜は店を貸切にして待つことにしたのだという。

しかし、実際に現れるのがまさか子供だとは思わなかったようだ。

当の予約客、陸翔は、店に着いてようやく泣きやんだものの、いまだ事情は聞き出せていない。まだ動揺が収まらないらしく、榊が出したアイスクリームの盛り合わせを、しゃくりあげつつも口に運んでいるところだ。

「ああ、ほらほら陸翔くん。今度はこっちのチョコミントが溶けかかってますよ。きみの力で救ってあげてください」

陸翔の横に座り、励ますように声をかけているのは湊川である。

最初、陸翔は泣くばかりでアイスに手をつけようとしなかったが、湊川が、

「陸翔くん、溶けてどろどろになったアイスほど悲しくてせつないものはないと思いませ

んか？　このかわいそうなアイスを救ってあげられるのは、この世に陸翔くんただ一人です。どうかこのスプーンで救出してあげてください」

と、まじめな顔でスプーンを渡すと、ようやくもそもそと食べはじめたのである。

時折手が止まり、再びぼろぼろ泣きはじめると、「陸翔くん、こっちのバニラアイスが救援を求めてます！」と湊川が合いの手を入れ、そのたびに陸翔がアイスを口に運ぶ。

二人のコンビネーションは傍《はた》で見ていてもなかなかのもので、三色アイスの半分ほどが無事救出された頃、ようやく陸翔は落ち着きを取り戻し、事情を話しはじめた。

「ぼく、どうしてもナイトを見つけたくて……」

「ナイト？」

「ぼくんちで飼ってた猫。でも、今はいなくなっちゃって」

「君の家で飼ってた猫を探すのに、どうしてうちの店に来る必要があるんだ？」

「ナイトは、どろぼう猫だったかもしれないから」

陸翔のつたない答えに榊は眉を寄せ、質問を重ねた。

「ナイトがどろぼう猫？　その猫のせいで眠れなくなったって意味か？　それとも、何か変わったことでもあったのか？」

畳みかけられ、陸翔はびくりとしたように黙り込む。

「まあまあ、真臣。こんな小さな子にそんなに立て続けに質問したら、答えられることだって答えられなくなるよ。こういうことは僕に任せて」

湊川はやんわりと言って、傍《かたわ》らから陸翔の顔をのぞきこむ。

「陸翔くん。君は頭のいい子ですね。それに勇気もある。ナイトを探すために、怖いのを我慢して、こんな夜中に一人で知らない店に来ようとしたんですから。君がここへ来ようとしたのは、そのナイトを見つける手がかりが、ここにあると思ったからですか？」

ゆっくりとした口調で尋ねると、湊川はほほえみかけた。陸翔はまだアイスクリームのスプーンを握りしめていたが、その表情に励まされたようにこくりとうなずく。

「ナイトがどろぼう猫なら……ここに来れば、探し方もわかるかもって思ったから」

「どうして、陸翔くんの家にいたナイトがどろぼう猫だと思ったんでしょうか」

「だって、ナイトがいなくなってから、おかあさん……なんか変で。眠れないって言ってたし、おとうさんともよくケンカしてて。ぐあいもあんまりよくなくて……」

ぽつぽつと語る陸翔は、話すうちにこらえきれなくなった様子で、再び涙をうかべる。

「ナイトが……大事なもの、持《も》っていっちゃったかもしれない……っ」

湊川はぽんぽんとその頭を撫《な》でると、穏やかな声で言った。

「大丈夫。僕たちが力になるから、君の家にいたナイトと、おかあさんのこと、もう少し聞かせてくれますか？」

陸翔は歯を食いしばってもう一度うなずき、手の甲で涙をぬぐう。

「ナイトって名前は、おとうさんがつけたんだ。夜みたいにまっくろで、目が金色だから」

陸翔が小学校に入る頃、ナイトは家にやってきて、家族の一員としてとてもかわいがられていた。けれど、少し前に母親の友人の家に引き取られることになったらしい。

「おかあさん、猫アレルギーになったみたいだって言って、ナイトに近づかなくなって……体によくないから、珠樹《たまき》さんのとこに預けるって」

珠樹さんというのは母親が独身時代からつきあいのある友人だ。猫好きのため、ナイトを引き取ってもらうことになった。かわいがっていた猫と離れるのは、陸翔にとってつらいことだったが、母親のために我慢した。

「君は大人ですね、陸翔くん。ナイトと別れるのはいやだと言わなかったんですか?」

感心したように湊川が言うと、陸翔はうつむいたままぽつりと言った。

「だって、おかあさん、おとうさんが名古屋《なごや》に行ってからずっと元気なかったし……」

陸翔の父親は仕事の都合で今年の春から名古屋に単身赴任が決まり、今は東京と名古屋でほとんど別々に暮らしているのだと陸翔は話した。

陸翔の母親は、その頃からさみしそうな様子をしていて、時折体調が悪そうにもしていたため、猫を手放すことになった時も、陸翔は何も言えなかったのだ。

「珠樹さんのところに行けばナイトにはまた会えるって言われて……。預けるの、ほんとは珠樹さんじゃないほうがよかったけど、うちからも近いし、それならいいやって」

「どうして珠樹さんじゃないほうがよかったんです?」

不思議そうな顔で湊川が聞くと、陸翔は少し気まずそうに口ごもった。

「珠樹さん……会うといっつも、ぼくが赤ちゃんの時の話するから」

珠樹は看護師をしており、陸翔が生まれたのも彼女の勤め先の病院だった。そのため、顔を合わせるたびに生まれた当時の話をされるのが居たたまれなかったらしい。

「なるほど。大きくなった陸翔くんには、確かにちょっと恥ずかしいかもしれませんね」

ほほえましそうに陸翔の顔を眺め、湊川は同意する。

けれど、そうしてナイトを手放してからも、沈みがちな母親の様子は変わらなかった。

「ぼくがおとうさんのところに遊びに行った時も、おかあさん、自分はいいって言って一緒に来なくて。帰ってきたあと、おとうさんとけんかになって」

母親の様子を思い出したのか、ぽつぽつと語っていた陸翔の顔が、くしゃりと歪む。

学校の創立記念日と土日を使い、今月のはじめ、陸翔は名古屋の父親のところへ遊びに行った。普段会えない時間を埋め合わせるため、めいっぱい父親と過ごし、父親とともに東京の自宅へ戻ったのだが、その夜、両親の間で口論が起きた。

「夜中、ぼくがトイレに起きたら、おかあさん、すごく怒ってて……」

どうして黙ってたの、とか、別れたほうがいい、なんていう言葉が居間から聞こえてきて、陸翔はその場から動けなくなった。結局、逃げるように寝室に駆け込んだが、翌朝になっても二人の仲は険悪なままで、父親はそのまま名古屋に帰ってしまったという。

「そのあとずっとおかあさん、元気なくて。ぼくが話しかけてもあんまり聞いてくれないし、いっつもぼーっとしてるし……」

理由を聞いても「なんでもない」と言われるだけで陸翔の不安は深まるばかりだった。

猫を預けていた珠樹から連絡があったのはそんな頃だ。

「窓の隙間からナイトが外に出て、逃げちゃったんだって珠樹さんが。だからひょっとすると、うちに帰ってくるかもって電話があって」

「陸翔くんの家と珠樹さんの家はどのくらいの距離なんですか？」

湊川が聞くと、陸翔は自分の家と珠樹の家の、最寄り駅の名前を言った。

「ぼくのおりる駅の、となりの駅」

「なるほど。それなら猫でもたどり着けない距離じゃないな」

駅名を聞いて榊が呟く。

ナイトが陸翔の家にいる頃は、基本的に部屋飼いだったものの、時々外に出して散歩に行かせることもあったという。それでも、迷子になることもなく、きちんと家に戻ってきたというから、ナイトが珠樹の家を逃げ出し、戻ってくるのも充分ありうる話だ。

珠樹からの知らせに陸翔がショックを受けていると、母親はひどく後悔した様子だった。

「ナイトを追い出すようなことするんじゃなかったって、おかあさん言って。もう大丈夫だったのにって……」

何が大丈夫だったのかと陸翔が聞くと、病院で検査をしたら猫のアレルギーではなかったからだと母親は言った。だったらナイトを探しに行こうとせがみ、陸翔は珠樹のマンションの近くを母親と探しまわったが、結局見つけられなかった。

その頃から母親は体調を崩すようになり、あまり出歩かなくなったという。

「夜もあんまり眠れないって言ってて。ひょっとしたら、どろぼう猫のせいかもねって」

心配する陸翔に、母親が返したのが、そんな答えだった。

『このあいだ、ナイトによく似た黒猫を見かけたの。目が青かったし、すぐに逃げられちゃったけど、ナイトにすごくよく似てた。おかあさんが家から追い出すようなまねしたから、ナイトがどろぼう猫になって、眠りを持っていっちゃったのかもね』

そう言って、母親は力なく笑った。

「だったら、早くナイトを見つけなきゃってぼく言ったけど、おかあさん、もう探すのはやめようって」

『ナイトはおかあさんのこと怒ってるから、もう家に戻ってきてくれないんじゃないかな。ナイトを勝手に珠樹のところに預けたこと、おとうさんも怒ってたし。ナイトと一緒に、おかあさん、大事なものまでなくしちゃったのかもね』

もうナイトを探すのはあきらめよう、と母親は告げたが、陸翔はどうしてもあきらめられなかった。だから、一人でこっそり探すことにしたのだ。

「どろぼう猫のことは、学校で聞いたことがあったけど……黒猫の目を見ると寝られなくなるって話だけで。だから、ネットで調べたら、何かわかるかもって思って」

父親のパソコンでネット検索をして、陸翔がたどり着いたのがこの店のサイトだった。

「それにしても、一人でよくそこまでできましたね」

「冬馬《とうま》くんがいろいろ教えてくれたから……」

湊川が感心すると、陸翔はすこし照れたように顔を赤くした。

冬馬というのは高校生の従兄《いとこ》で、どろぼう猫の噂について調べるのを手伝ってもらっていたと陸翔は話す。

「この店の場所も、冬馬くんが教えてくれた。ここなら珠樹さんちのそばだったし、おかあさんとも近くまで来たことあるから」

榊とのメールのやり取りは、陸翔の家のパソコンを使って、冬馬という少年が代わりにやっていたという。けれど、予約の日時についてのメールが来た時だけは、陸翔は冬馬に相談しなかった。一人で行くと言ったら、止められると思ったからだ。

陸翔が家を抜け出したのは、約束よりだいぶ早い時間のことだった。

パソコンに表示された地図を頼りに店まで行くつもりだったが、時間がどのくらいかかるか読めなかったせいもある。

珠樹のマンションのそばまで来れば、すぐに店も見つかるかと思ったが、昼間と夜では街の雰囲気も違っていて、結局、途中で道がわからなくなってしまったのだった。

「なるほど。そういうわけですか」

話を聞き終わると、湊川は陸翔にアイスクリームの残りを食べるようすすめた。

榊を目顔でうながし、カウンターを離れた湊川は、結月のいるソファ席のあたりまでやってきたところで、声をひそめて尋ねる。

「どう思う。真臣」

視線を向けられた榊は、言葉を選ぶように慎重に答えた。

「話を聞く限りだと、ナイトがどろぼう猫だったとはとても思えないな。目の色も金色だと言ってたし。母親が眠れなくなったのは、父親との不仲が原因じゃないか？」

「まあ、僕の感想も似たようなものだけど。だからって、それをどう伝える？」

「本当のことを言うしかないだろう。ナイトはどろぼう猫ではないようだから、おとなしくあきらめて家に帰れってな」

腕組みをして冷静に言った榊は、ちらりとカウンターを振り返る。

「おまえ、それあの子に向かって言えるか？」

「だったらどうしろって言うんだ。うちは喫茶店でなんでも屋じゃないんだ。確かにどろぼう猫の噂は集めてるが、飼い猫探しまで請け負った覚えはないぞ」

「それはまあ、そうなんだけど」

困った顔で湊川が頰《ほお》をかくと、それを見た榊は折れた様子でため息をついた。

「なら、いちおうナイトって猫の話は預かることにして、何かわかったらあの子に伝える。そういうことで、今日のところは帰らせよう」

落としどころを口にした榊に、湊川も「だね」とうなずく。

けれど、話は簡単に終わらなかった。陸翔は頑として首を縦に振らなかったからだ。

「やだ」

家に帰れと口にした榊に、陸翔が発した第一声がそれだった。

「やだって……あのな」

「ナイトを見つけるまで、ぜったい帰らない」

脱力した榊に、陸翔はさっきまで泣きべそをかいていたとは思えないほどきっぱりした口調で言う。

「帰らないって言ったって勝手に家を抜け出してきたんだろう。母親だって心配してるぞ」

「ここに来る前、おかあさん、ぐっすり寝てた。病院でもらった薬があれば、眠れるようになるって言ってたし」

母親が寝入ったのを見計らって、陸翔は家を抜け出してきたらしい。

「だからって、いなくなった猫がそんなに簡単に見つかるわけがないだろう」

「このお店……どろぼう猫の噂について、いっぱい集めてるってサイトに書いてあった。いつ、どこにいたとか。すごいくわしいデータが取ってあるって、冬馬くんも言ってたもん」

それに、と言葉を切ると、陸翔は拳《こぶし》を握りしめた。

「今夜じゅうにナイトを見つけないとだめなんだ。絶対、つれて帰る」

「今夜じゅう?」

「明日、おとうさんが名古屋から帰ってくるから」

大事な話しあいをするために父親が名古屋から戻ってくると、母親は陸翔に伝えたらしい。その時の母親の表情を見たとたん、楽しい話ではないのだと陸翔は感じた。

明日の話しあいで何かが決まってしまう前に、陸翔はできることをしておきたいのかもしれない、と結月は思った。

子供であっても——いや、子供だからこそ、両親の変化には敏感になる。何かが壊れてしまうかもしれないと感じたら、たとえ小さくとも、全力で防ぎたいと思うだろう。

子供の居場所は、そこにしかないのだから。

榊も同じことを考えたかどうかはわからない。ただ、しばらく黙り込み、苛立《いらだ》ったように髪に片手を突っ込むと、やがて腹をくくった様子で陸翔に向き直った。

「わかった！　ならこうしよう。俺がとりあえず、それらしい場所を探してくる。だから、それまでここで――」

「ぼくも行く！」

榊の言葉が言い終わらないうちに、陸翔は身を乗り出した。

「でも陸翔くん。もう夜中ですし、探すのは真臣に任せたほうがいいですよ。陸翔くんはここで待ちましょう」

湊川は諭《さと》すように提案したが、陸翔は音がしそうなほど強く首を振った。

「ぼくも探しに行く。ぜったい行く」

「なら、一緒に来い」

湊川が途方に暮れた顔になると、榊はやけになったかのようにあっさり受け入れる。

「おい、真臣！」

「こんな時間に一人でうちの店まで来たんだ。子供だろうと、根性だけなら立派なもんだよ。そのかわり、二時間だけだ。二時間たったら、見つかろうと見つかるまいと、ここに戻ってくる。その時はあきらめて家に帰れ。それが条件だ。さっきみたいに泣きべそかいて手がつけられなくなるようなら、容赦《ようしゃ》なく強制送還するからな」

厳しい口調に、陸翔はこわばった顔をしたものの、意を決したように返事をする。

「わかった」

その返事に満足したように榊はうなずくと、おもむろに結月のほうを見た。

「そういうわけだから、悪いが君も一緒に来てくれ」

いきなり自分に話をふられ、結月は目をむいた。

「え、あたしも？　なんで⁉」

「高尋は店番だ。陸翔がいなくなったことに母親が気づいて、ここに駆けつけてくるって可能性もないとは言えないし、誰か残しておかないとな」

ならば、湊川と榊が探しに出てもいいのでは、と言いたくなったが、榊は続ける。

「君なら、陸翔と一緒に歩いてても、ギリギリ姉弟でごまかしがきく。俺と陸翔が二人でうろうろして、また警官に見つかったら、今度こそ連行されそうだからな」

そんな理由で引っ張り出されるのか、と結月は顔を引きつらせたが、確かに榊の言わんとすることはわかった。

「あたし……ここの従業員じゃないんだけど」

まかないカレーの相伴にあずかった代償としては、なかなかきつい仕事である。

「心配しなくても、埋め合わせならちゃんとするよ。カレーよりましな何かでな」

「そんなのいいけど」

結月はしぶしぶソファから立ちあがる。とはいえ、実際のところ、ここまで話を聞いておいて、はいさようならと家に戻る気にはなれなかった。

かくして榊と陸翔、結月の奇妙な三人は、深夜の捜索に出かけることになったのである。

結月たちは手始めに、珠樹の家の最寄り駅近辺の神社から探すことにした。

「今まで、どろぼう猫に関する噂を集めて目撃場所を集計したものだ」

捜索に出かける前、榊が見せたのは、店で使っているタブレット型のパソコンである。

画面に表示されていたのは、数の多い順に並べられたどろぼう猫の目撃場所だ。

学校、公園、駐車場、空き地や廃墟、寺社や教会といった猫の好みそうな場所が目立つが、路地裏やゴミ捨て場など、数が多すぎて特定が難しい場所も含まれている。

陸翔の従兄が言ったように、それらのデータはかなり詳細だった。

「すごいね。これなら参考になりそうだけど……どこから手をつけていいんだか」

リストアップされた場所を確認して、結月は呟く。駐車場や空き地なんて、ひとつの町にどれだけあるか見当もつかない。

「そうだな。何のとっかかりもない状態なら絞るのは難しいが、幸い、今夜は新月だ」

「新月だとなんなの？」

「目撃情報の中でも、月のない夜に神社のそばで、どろぼう猫を目撃したって噂が一番多いんだ」

月のない夜、つまりは新月の今夜なら、神社を重点的に回るのが効率的だろうと榊は言うのである。

「陸翔のマンションと、珠樹さんのマンションの最寄り駅。ふたつの駅の間にある神社の数は四つ。二時間あれば、全部回るのも可能だろう」

榊の提案に、陸翔も真剣な顔でうなずく。

どうせ見つかるわけがない、と適当な捜索をしてお茶を濁《にご》すこともできたのだろうが、どうやら榊は、陸翔のどろぼう猫探しに本気でつきあう気みたいだった。

湊川を残して、三人で店のあるマンションの外に出ると、深夜の住宅街はひっそりと寝静まっていた。

アスファルトにやけに靴音が響いて、ぽつぽつとともる街灯も、どこか頼りない明るさだ。昼間歩きなれた場所なのに、まるで知らない町に迷い込んだように思える。

駅に行くのとは反対方向に向かっているだけあって、この時間ともなると結月たちのほかに歩いている人の姿も見当たらなかった。

「零時二十分かぁ。日付変わっちゃったね」

陸翔を間に挟み、榊と並んで歩きながら、結月はスマホの時計表示を確かめて呟いた。

念のため、ということで、結月は陸翔と手をつないでいる。

「ねえ、陸翔くんの携帯もこんな感じ？」

銀色のスマホを手に結月が聞くと、陸翔は首を振った。

「ううん。ぼくのは子供用のやつ」

「へぇ、どんなの？　見せてくれない？」

結月が笑顔でさらりと頼むと、陸翔は何やら察知した顔でむすりと言う。

「やだ」

「えー、なんで？　ちょっとくらい見せてよ」

「絶対やだ」

陸翔の答えはにべもない。うっかり携帯を渡したら、自宅の番号をつきとめられるとわかっているのだろう。

作戦が失敗して、結月ががっかりしていると、隣を歩きながら榊が苦笑した。

「陸翔のほうが上手だな」

「笑いごとじゃないと思うんだけど」

陸翔は名前以外、住所も連絡先も一切口にしなかった。店にかけてきた電話は、陸翔が持っている携帯電話からだったため、自宅の母親に知らせることもできない。

「心配しなくても、必要になれば連絡先も教えるし、家にだってちゃんと帰るさ。だろ？」

榊が落ち着きはらった声で尋ねると、陸翔は気まずそうにうつむく。

「この先に八幡《はちまん》神社がある。道が暗いから気をつけてな」

榊は自分のスマホで地図を確認すると、二人をうながして歩き出した。

ところどころ街灯があるとはいえ、各家の明かりもまばらな深夜の住宅街は、繁華街にくらべれば格段に暗い。榊は懐中電灯を手にしていたが、それでも心細さに変わりないのか、陸翔は気持ちを紛らわせるように喋《しゃべ》りはじめた。

「あのね、ナイトはすごく頭がよかったんだ。ドアとかも、ノブが細長いやつなら、前足で寄りかかって開けちゃったりするし。引き戸とかも、隙間がちょっと開いてたりすると、前足とか頭とか、ぐいぐい突っ込んで外に出ちゃうんだよ」

「へぇ。すごいね。じゃあ、珠樹さんちから逃げたのも、そうやったのかな」

「わかんないけど、きっとそうだよ。珠樹さんが仕事の時は、ナイト一人で留守番してたみたいだし」

「珠樹さん、看護師さんだっけ」

「うん。前は、この近くの病院で働いてたんだ。夜勤多いし、十年くらいいるのにお給料あんまり上がらないから、目黒《めぐろ》の病院に移ったって言ってた」

どうやら珠樹さんは子供相手でもわりと歯に衣着せずにものを言うタイプらしい。

そしてどうやら、夜勤の少ない別の病院に移ったことで、猫のナイトを引き受ける余裕ができたということのようだった。

「……ずいぶん元気になったたな」

店に来た時のたどたどしい話しぶりから一転して、よく喋る陸翔を見て、榊がもらす。

結月は声をひそめ、すかさず反論した。

「陸翔くん不安なんだよ」

大人なら、そこは察してほしいところである。

「それにしても、子供の相手けっこううまいな君。来てくれて助かった。俺一人だったらどうしていいかわからなかったよ。よく考えたら子供苦手だし」

さらっと情けないことを言った榊に、結月はあきれた。

「苦手ならなんで連れてきたの？」

「まあ、勢いかな」

「勢いで夜中に小学生連れ出す⁉」

小声で食ってかかると、榊は目を細める。

「冗談だよ。家族がどうなるかわからないって時に、不安になるのは当然だ。俺だって、そのくらいのことはわかるさ」

まじめな口調で言われ、結月が黙ると、陸翔がふいに声をあげた。

「あ、いた！」

もう見つけたのかと、はじかれるように目を向けたが、陸翔が指さしたのは民家の塀に座る猫だった。猫は結月たちの気配に気づくと、するりと塀の向こうに消えてしまう。

「今の、茶トラだったね」

「この時間だと、どっちにしろ猫の天国だからな」

榊は答え、幅にして車一台分ほどの道の先を示す。

暗闇の中にぼんやりと浮かび上がっているのは、古びた石の鳥居だった。

最初の神社に着いたのだ。

鳥居をくぐり、さほど広くもない境内《けいだい》に足を踏み入れると、闇はさらに深くなった。

木々の影が真っ黒に塗りつぶされて、ざわ、とかすかな葉擦れが風に騒ぐ。都会にいるとは思えないほどの暗さと静けさに、結月はごくりと唾《つば》をのんだ。

「……なんだ、この体勢」

無意識のように陸翔が腕にしがみつき、反対側から結月がシャツを握りしめると、二人に挟まれた榊は我に返ったように尋ねる。

「いや、だってほら。こういう時は男の人が先に行くもんでしょ」

結月が言うと、こくこくこく、と陸翔が小刻みにうなずく。

「君、ホラー映画好きとか言ってなかったか？」

「あれはフィクションだからいいの！　映画はよくても現実に怖いのは無理！」

ぐいぐいと榊を前面に押し出す形で、結月たちは境内の奥へと進んだ。しかし次の瞬間。

「ギャー!!」

という雄叫《おたけ》びを耳にして、飛び上がる。

「イヤ―――――!!」

「うわ―――――!!」

二人同時に絶叫した結月と陸翔は、一目散に鳥居のある場所まで後退した。

石の鳥居の陰に隠れ、がたがたと青くなっていると、榊が落ち着いた声で言う。

「猫の喧嘩《けんか》だ。落ち着け」

あっさり二人に置き去りにされた榊は、懐中電灯の光を境内の奥に向けた。

目をやれば、そこにはひときわ体の大きな薄茶の猫と、こげ茶の猫が向かいあって背中の毛を逆立てている。光が当たると、ふてぶてしそうな薄茶の猫はこちらをぎろりとひと睨みし、相手のこげ茶猫は闇の中にさっと逃げた。

ボス猫らしき薄茶の猫は、喧嘩を邪魔されたのが面白くなさそうに、のしのしと境内を横切って去っていく。

「……いざって時に俺を見捨てる奴らだってことがよくわかったよ」

そそくさと二人が戻ってくると、榊が半眼になった。

「えっと。ほら、戦う榊さんの足手まといになったらいけないし。ね、陸翔くん!」

「う、うん」

「誰と誰が戦うんだよ。戦闘スキルなんかないぞ俺は」

あきれたように榊は息をつく。

しかし、改めて境内を見回してみても、たった今去った猫たちのほかに猫はおらず、ナイトらしき黒猫の姿も見つからなかった。

さらに、結月たちは、近くにある別の神社にも向かってみたが、ビル内に社殿があるらしく、夜間には立ち入ることができなくなっていた。

「ここには来なそうだな」

ビルの前に立ち、榊は気持ちを切り替えるようにスマホを操作する。

「この次は稲荷《いなり》神社だ。行くぞ」

ビルの壁にもたれていた結月はうなずいたが、アスファルトにしゃがみ込んだ陸翔はあきらかに、立ちあがるのが億劫《おっくう》そうだった。むりもない、と結月は思う。時間はもう深夜一時過ぎだ。けっこう歩いたし、結月も疲れた。小学生の陸翔にはもっと酷《こく》だろう。

陸翔の様子を見た榊は、無言で歩み寄ると、おもむろに地面に膝《ひざ》をつく。

「おぶされ」

そう言って背中を示した榊に、陸翔はゆるゆると顔をあげた。

「え……でも」

ためらう顔をしたのは、自分から望んでついてきたのが引けめになっているのだろう。

「いいからおぶされ。今さら店に戻れとは言わないから」

榊が続けて言うと、ようやく陸翔はのろのろと背中におぶさる。

「とりあえず、神社を回っていなかったら、一度店に戻るぞ」

懐中電灯は結月が持つことにして、三人は稲荷神社へと歩き出した。

運ばれるうちに眠気が押し寄せてきたのか、陸翔はうつらうつらと舟をこぎはじめ、そのたびに我に返っては首を振り、目をこすっている。

「寝てていいぞ。ナイトが見つかったら起こしてやる」

「ん……」

陸翔は夢うつつにうなずくと、榊の背中にもたれかかった。

しばらくは会話もなく歩き続けた。細い道ばかり歩いているせいか人にも全く会わない。子供を背負った榊と、こんなふうに深夜の道を歩いていることが、何やらとても不思議なことのように思えた。見上げると、空にはぽつりぽつりといくつか星まで見えて、へえ、と結月は意外な声をあげる。

「榊さん、重くない？」

少し遅れて歩きながら結月が聞くと、榊からは気のない返事が返ってきた。

「そんなでもない。ただ……」

言葉を切ったとたん、ぐーぅ、と盛大な腹の音が夜のしじまに鳴り響く。

「腹が減ったな」

「もう!?　さっきチキンカレー山盛りで二杯食べてたよね!!」

「重い荷物を背負って夜の道を歩いてると、人生のせつなさを感じるな……」

「かっこいいこと言おうとしても、ずっとお腹《なか》鳴ってるし！」

ぐーぅ、ぐーぅ、とまるで獣のうなり声のように、榊の腹の音は鳴りやまない。

その音で目を覚ましたのか、陸翔はとろりとまぶたを開くと、周囲を見回した。

「ああ、陸翔くん起きちゃった」

「君の突っ込みがうるさかったからだろ」

結月と榊が不毛な責任の押しつけあいをしていると、陸翔は見覚えのある建物を見つけたのか、ぼんやりした声で呟く。

「珠樹さんの病院……」

陸翔が視線を向けた先には、東条《とうじょう》医院と書かれた看板があった。あまり大きな病院ではなく、入り口の明かりもとっくに消えている。さっき陸翔が言っていた、珠樹が前に勤めていた病院なのだろう。

「おかあさん……最近よく来てた」

「ここに？」

「うん……。おかあさん、大丈夫かな。また眠れるようになるかな……」

病院を眺めているうちに不安にかられたように、陸翔が問う。

少しの間、うつむいて沈黙していた榊は、静かな声で答えた。

「心配するな。大丈夫だから」

陸翔の体を励ますようにゆすり上げて背負い直すと、榊は歩きはじめる。

再びうつらうつらしはじめた陸翔を確かめると、結月はそっと榊を見上げた。

「陸翔くんのおかあさん、病院に通うほどってことは、あんまり具合よくないのかな」

「いや。多分……」

言いかけた榊は、ふと足をとめる。ヴーヴーと、シャツの胸ポケットで小さく振動音がうなっていた。榊はそこに収まっていたスマホを取り出すと、耳にあてる。

「高尋か。どうした？」

榊は何度か相槌《あいづち》を打ちながら、電話の向こうの声に耳を澄ませていたが、やがて通話を切って結月のほうへ視線を向けた。

「どうしたの？」

「店のほうに、陸翔の母親が訪ねてきてるそうだ」

榊がそう告げてもなお、陸翔は目を覚ますことなく、静かな寝息をたてていた。

喫茶「どろぼう猫」のあるマンションに戻ると、気をもんだように、エントランスで女性が待ちかまえていた。

「陸翔！」

結月たちの姿が目に入るなり、その女性は悲鳴のような声をあげる。

その頃にはもう陸翔も目を覚ましていたが、榊の背中から降ろされると、疲れも忘れたように母親に駆け寄った。

「おかあさん！」

「どうしていなくなったりするの!?　一人でこんな時間に出ていくなんて……どれだけ心配したかわかってるの!?」

ほっとしたとたんに涙腺《るいせん》がゆるんだのか、ぼろぼろと涙をこぼしながら陸翔を揺さぶる。母親の泣き顔と、はげしい怒りを目の当《ま》たりにして、陸翔はさすがに萎縮《いしゅく》したように顔を歪めた。けれど、勇気を出した様子で母親にしがみつく。

「見つからなかったよ、どろぼう猫になったナイト。ごめんねおかあさん」

ごめんね、とくり返す陸翔を見下ろし、母親は絶句した。

それ以上何も言えなくなったのか、母親はしばらくの間、涙を流したまま、陸翔を抱きしめ続けていた。

「私が不用意にあんなことを言ったせいで……陸翔を不安にさせてしまったんですね」

疲れきったようにソファで眠る陸翔を見つめ、陸翔の母、高原由依《ゆい》は呟いた。

深夜二時少し前。結月たちは喫茶「どろぼう猫」にいた。

再会を果たした陸翔と母親の由依を落ち着かせるため、ひとまず店に戻ったのだ。

由依は病院で処方された薬を飲んで眠っていたが、効き目が切れる頃に一度目を覚まし、陸翔がいなくなっていることに気づいたらしい。

あわてて探しまわり、心当たりに片っ端から連絡したところ、陸翔の従兄、冬馬が事情を知っていることがわかったのだという。

冬馬から喫茶「どろぼう猫」のことを聞き、店に電話して陸翔が来ていることを突き止めると、取るものもとりあえず駆けつけてきたとのことだった。

「こちらのお店には、陸翔がご迷惑をおかけしたようで、申し訳ありません」

湊川と榊から事情を聞き、陸翔の気持ちを知った由依はそう言ってうなだれた。

「いいえ。陸翔くんは、おかあさんのことをずいぶん気にかけていましたから。あまり叱らないであげてください」

由依の斜め前に移動させたソファには、湊川が腰かけている。

「これ、よろしければどうぞ」

榊がテーブルに運んできたのは、湯気をたてるホットチョコレートだった。

由依は礼を言ってカップを受け取ると、息を吹きかけて口をつけ、ほっと息をつく。

「お恥ずかしい話ですけど……最近、主人とあまりうまくいってなくて。転勤が決まった時も急でしたけど、そのあとも私に隠しごとしてるみたいに思うことがあって」

名古屋に単身赴任を始めた頃から、隠れて誰かと電話したり、連絡を取り合っているようなそぶりがあって、由依は不審を抱いていた。夫に問いただしてもごまかされるばかりで、余計に不安が膨らんだのだという。

「陸翔が夫の単身赴任先に遊びに行って、戻ってきた時、はじめは一年と聞いていた転勤の話が、永続勤務になりそうだと言われて。ついかっとなってしまったんです」

夫はもともと名古屋出身で、実家もそちらにある。

そのため、東京を離れ、両親の実家で一緒に暮らしたいと切り出されたのだ。

転勤や実家での同居がどうとかいう以前に、ずっと隠しごとをされていたことで、由依の頭に血がのぼった。気がつくと夫と口論になり、しまいには由依が勝手に飼い猫のナイトを友人のところに預けたことまで持ち出して、責められたのだという。

「ナイトを珠樹のところに預けたのは念のためだったんですけど、その理由を話す前に、主人と険悪になって。私も謝りたくなくて、つい意地になっているうちに、主人は名古屋に戻ってしまって……」

情けないですね、と由依は口元を押さえる。

「失礼ですが、ナイトを手放したのは、お子さんができたからでしょうか」

榊が尋ねると、由依ははじかれたように顔をあげた。

「どうして それを……」

カウンター席で話を聞いていた結月も、思わぬ質問にぎょっとする。

「陸翔くんが話してくれたので、なんとなく」

「そんな。陸翔はまだ何も知らないはずです……！」

驚いたような由依の言葉に、結月もうなずいた。

陸翔とはずっと一緒にいて、結月もそばで話を聞いていたけれど、母親が妊娠しているなんて一言も言っていなかった。

「珠樹さんが勤めていた病院におかあさんが通っていた、と聞きました」

病院の近くを通った時、陸翔は確かにそう言ったが、看板には産婦人科なんて書かれてなかった気がする。

「陸翔くんは珠樹さんの勤め先の病院で生まれたと言ってましたし、珠樹さんは最近転職するまで、あの病院に十年近くお勤めだったという話でしたから」

あとは猫の話です、と榊はつけ加える。

「妊娠初期には猫を飼わないほうがいい、と聞いたことがあるので、ひょっとしたらと」

由依は目をみはっていたが、やがて肩の力を抜き、うなずいた。

「……ええ。主人が単身赴任先に向かったあとで二人目の妊娠に気づいたんですが、なかなか言いだせなくて」

言えなかったのは、ちょうどその頃、夫の行動に不審を抱くようになっていたからだ。

二人目ができたことを喜んでもらえなかったら、と考えると言えなかった。

夫に相談もせず、飼い猫のナイトを手放したのはそれが原因だ。

「猫は寄生虫がいるから妊娠初期に飼うとよくないと聞いて、珠樹にしばらく預かってもらうことにしたんです。珠樹は、きちんと検査して清潔に飼っていればそんなに怖がることじゃないって言ってくれましたけど、やっぱり心配で」

「……猫ってそうなの？」

結月が小声で尋ねると、カウンターのそばに立っていた榊はこちらを向いた。

「ああ。トキソプラズマって感染症は、猫が媒介《ばいかい》することがあるんだ。妊娠前から抗体を持ってれば心配する必要はないんだが、妊娠初期に感染すると危険だって言われてる」

トキソプラズマは、室内飼いであればさほどでもないが、外を自由に出歩くような猫の場合、感染の危険が跳ねあがるのだという。

「高原さんのお宅で飼っていたナイトは、外にも出していたようですし、心配されたのも無理はないと思いますよ」

ソファ席のほうで湊川がそう補足すると、由依はうなずいた。

「ええ……。抗体の検査をすませるまでは、どうしても心配で。陸翔が名古屋に行っている間に、詳しい検査を済ませて、二人が戻ってきたら、子供のこともきちんと報告するつもりだったんです」

　検査の結果、由依は妊娠前から抗体を持っていたことが判明し、寄生虫の心配をする必要はないことがわかった。

　けれど、その話を伝える前に夫と口論になってしまい、さらに彼が名古屋に戻ったあと、ナイトが珠樹の家からいなくなってしまったと聞かされたという。

「なんだか全部が嚙みあわなくなった気がして。陸翔とナイトを探しに出かけたんですけど、見つけることはできませんでした。そのうち、つわりで私の体調もおかしくなって」

　どろぼう猫の噂は、由依もママ友仲間から聞いたことがあった。

　自分の家で黒猫を飼っていることもあって、噂を聞いた時は真に受けなかったものの、買い物の途中で青い瞳の黒猫を見かけた時、ふいにその話が脳裏をよぎった。

「ナイトを手放したことで、夫の気持ちや、大事にしていたものがなくなってしまうような気がして……どうしたらいいのか、わからなくなったんです」

　陸翔にどろぼう猫の話をしたのは、そのせいだ。

「でも、陸翔のおかげで決心がつきました。主人には明日、きちんと子供のことも伝えて、これからのこと、話しあいます。陸翔をこれ以上、悩ませたくありませんから」

　もたれかかる陸翔をそっと抱き寄せて、由依は言う。

静かな寝息をたてる陸翔の顔は、安心しきったようにやすらかだ。

たった一人でここへ来た陸翔のためにも、うまくいってほしいと結月は願った。

＊

「こんばんは」

七月もなかば近くになった、ある金曜の夜。

深夜零時半ごろ、喫茶「どろぼう猫」を訪れたのは、思わぬ人物だった。

「あ。沖島《おきしま》さん！　ひさしぶりですね」

大学の試験週間が終わり、晴れ晴れと店を訪れていた結月は、その顔を見て声をかける。

「また、ここのオムライスが食べたくなってさ」

気恥ずかしそうに沖島は笑う。

沖島とは大学が違うし、音羽《おとは》は留学の準備で忙しく、あれきり顔を合わせる機会がなかったから、彼と音羽がどうなったのかはわからなかった。

もしふられたとすれば面と向かって聞くのは酷だろうとためらっていると、沖島のほうから話しだす。

「この店では世話んなったし、ちょっと報告しとこうかなと思ってさ」

沖島が、毎晩のように「どろぼう猫」を訪れていた本当の理由を伝えると、音羽は驚いたものの、きちんと受け止めてくれたという。

「これからどうなるかわからないけど、一年たって、留学から戻っても俺の気持ちが変わらないようなら、つきあうことも真剣に考えるって言ってくれたんだ」

沖島の言葉に、カウンターの向こうの榊も明るい顔になった。

「それはよかった」

「先輩が帰ってくる頃には俺も卒業間近ですから。一年なんてあっという間ですよ」

「眠れなくなったの、やっぱりどろぼう猫のせいじゃなかったんですね」

結月がからかうと、沖島はまあな、と笑う。

「どろぼう猫は結局いなかったけど、たまには夜ふかしもいいかなって。……あれ？」

沖島はそう言いかけて、珍しそうに結月の隣に目をとめる。

カウンター席には、小学生の男の子と母親の二人連れが座っていたからだ。

「どろぼう猫はいるよ！」

沖島の話が耳に入ったのか、男の子――陸翔は顔をあげると、明るい声で反論した。

「いなくなったけど、ちゃんとうちに戻ってきたもん」

ね、と陸翔は母親を見上げると、母親は静かにほほえみ、なだめるように頭を撫でた。

母親の由依が小さく会釈すると、沖島は挨拶《あいさつ》を返し、不思議そうな顔になる。

結月はとりあえず「沖島さんが来ない間にいろいろあったんですよ」と言うに留めた。

沖島が店に来る少し前の、深夜零時過ぎ。

「あのね、ナイトが帰ってきたんだよ！」

開店してまもなく、陸翔は母親の由依とともにやってくるなり、そう告げたのだった。

「ナイトが？　ほんと!?」

一番乗りで店に来ていた結月が驚いて聞くと、陸翔は嬉々として報告する。

「こないだ、ぼろぼろになってうちに帰ってきたんだ」

「主人が見つけてくれたんです」

スツールに飛びつくように座った陸翔の隣で、ほんの少し照れくさそうな顔で、由依がつけ加えた。

陸翔が一人で「どろぼう猫」を訪れた翌日、陸翔の父親が名古屋から戻り、親子三人でゆっくり話しあった。

由依の妊娠や、陸翔が母親を心配して一人でナイトを探そうとしたことなどを知ると、陸翔の父、航平《こうへい》は、黙って引っ越しを決めたことを後悔した様子だったという。

「いつも、自分の判断は絶対に正しいって思ってるようなひとで、滅多に自分から謝ったりしないんですけどね。私たちの話を聞いたらいろいろ思うところがあったらしくて、単身赴任先から、時間を見つけてちょくちょく戻ってきてくれるようになったんです」

さらには、家に戻ると、自分からナイトを探しに出かけてくれるようになった。

由依と二人で探しに行くこともあったし、陸翔と三人で出かけることもあったそうだ。

「サカキさんたちと行った最初の神社あったでしょ？　あの近くにいたんだって！」

ナイトを見つけたのは、航平が一人で探しに行った時だという。はじめは飼い主とわからなかったようで、逃げられそうになってだいぶ手こずったらしい。

「ナイト、またうちで暮らすことになったんだ。名古屋にも連れていくんだよ」

「名古屋？」

陸翔の言葉に、榊はカウンターの奥から問い返す。

由依は陸翔の隣に腰を下ろしてうなずいた。

「ええ。あのあと、主人と話しあって、こっちのマンションを引き払って名古屋に移ることにしたんです。主人は春に名古屋勤務が決まった時からずっと考えてたようなんですが、実家で両親と暮らすことになるから、なかなか私に言いだせなかったみたいで……」

名古屋勤務が長引きそうだというのは最初からわかっていたことで、航平は少しずつ準備を進めていた。それを自分が浮気と誤解してしまったのだと、由依は気まずそうに言う。

「私も、離れて暮らしていると、余計なことを勘ぐってしまうってわかったので、引っ越すのもいいかと。陸翔も長い休みの時には実家に行くので、名古屋が気に入ってますし」

「あのね、向こうに行くとパスタの上にハンバーグがのっかったやつとか出てくる店があるんだよ。このあいだおとうさんが連れていってくれたんだ」

スツールの上で足をぶらつかせながら、陸翔は楽しそうに笑った。

その笑顔を見て目を細め、由依はいとおしげに頭を撫でる。

「不思議な話なんですけど、ナイトが戻ってきてから、また少しずつ眠れるようになったんです。一時は、本当に朝まで一睡もできないこともあったんですけど」

由依が言うと、陸翔はふいに顔をあげ、笑顔で言った。

「返してもらえてよかったね」

「え？」

由依が聞き返すと、陸翔は屈託《くったく》なく答える。

「ナイトが戻ってきて、大事なもの、返してもらえたんでしょ？」

よかったねおかあさん、とくり返した陸翔に、由依は大きく目をみはる。

やがて、かすかに唇をわななかせると、由依は笑みをうかべて陸翔を抱き寄せた。

「うん。そうね、ありがとう」

あの夜飲んだのと同じ、ホットチョコレートをおそろいで頼んで、陸翔と由依は何度もお礼を言い、三十分ほどして帰っていった。

「そういえばさ」

二人が帰ったあと、カウンター内で食事を作っている榊を眺め、結月は呟いた。

「妊娠初期は猫を飼わないほうがいいって話、あたし知らなかったんだけど、そういう話って奥さんがいたり、子供がいたりしないと、あんまりなじみがないんじゃない？」

どうして榊はそんな話を知っていたのだろう、と疑問に思いつつ聞くと、背中を向けたまま、彼はさらりと答えた。

「結婚してたからな」

結月は愕然として声をあげる。

「え、ほんと!?」

「――て言ったらどうする」

「え、ウソなの!?」

「半分な。実際には結婚するつもりだったってとこまでだ。……昔の話だけどな」

できたぞ、と榊は言うと、完成したホットサンドの皿をカウンターに置いた。

とろりと端からチーズが溶けだしたホットサンドは、表面にマーガリンを薄く伸ばして丁寧に焼いたせいで、耳までこんがりきつね色になっている。

陸翔が一人でこの店にやってきた夜、猫さがしにつきあった結月に埋め合わせをすると榊は約束したが、結局のびのびになっていた。今夜、再び陸翔と母親が訪ねてきたのをきっかけに、夜食をごちそうしてもらうということで手を打ったのである。

「おいしそうだけど……なんでこんなカロリー高そうなメニュー!?」

涙目になって結月は訴えた。ごちそうになっておいて恩知らずだとは思うが、カレーといいホットサンドといい、ウエストのくびれが気になるお年頃にとって、なぜこうも爆弾なみに危険な誘惑を作るのか。

「嫌なら食べなくてもいいぞ」

「食べるよもちろん！」

結月は覚悟を決めて、こんがりホットサンドに嚙みついた。

さくっ、と焼きたての香ばしいパンに歯を立てると、肉厚のベーコンととろけるチーズがパンの間からこぼれだす。ほんのりとマスタードで味つけされたベーコンがまた絶品で、思わず滂沱《ぼうだ》の涙を流したくなった。

「おーいーしーいー」

「泣くほどのことか」

榊はあきれつつも、ほめられてまんざらでもなさそうな顔だ。

いっぽう、結月はホットサンドを味わいつつ、動揺している自分に混乱していた。

どうも、榊の結婚していた（結婚しようとしていた）発言が原因らしい、ということまではわかるのだが、そんなことで自分がショックを受けている理由が一番わからない。

混乱をごまかすように危険なホットサンドを食べていた結月は、話題を変えようと顔をあげた。

「ナイトの行方がわからなくなったあと、陸翔くんのおかあさん、一度、青い目の黒猫を見てるんだよね。陸翔くんのおかあさんが眠れなくなったの、その黒猫のせいだと思う？」

「今となってはわからないが、見てたとしても不思議はないな」

調理器具を片付けながら、榊は答える。

「どろぼう猫を見るのは、大切なものを失った人間や、心に強い不安を抱える人間だって言われてる。あの猫は、心に隙のある人間から、眠りを奪っていくんだそうだ」

夫婦の関係が壊れかけ、不安を抱えていた陸翔の母親が、どろぼう猫を見た可能性はあると榊は言う。

「まあ、彼女がもう一度眠れるようになったのは、体調や旦那さんとの関係が落ち着いたせいもあるだろうけどな」

そうつけ加える榊の声を聞きながら、結月はふと目を伏せた。

「ねえ、榊さんさ……」

結月が口をひらくと、榊は、「ん？」というようにカウンターの奥で振り返る。

大切な何かを失った人間、心に隙や強い不安を抱える人間から、どろぼう猫は眠りを奪っていく。そんな噂が本当だとすれば、どろぼう猫に会った榊は、何かを失ったことがあるのだろうか。

そんなことを思って問いを口にしかけたが、寸前で頭を振り、言い直す。

「あのさ、食後にいつもの珈琲もらっていい？　時間がかかるけど、すごいおいしいの」

結月が笑顔で頼むと、榊は不機嫌そうに答えた。

「時間がかかる、は余計だ」

そんなことを言いながらも、榊の手は準備を始めている。それを見守りながら、結月はカウンターに頬杖をついた。

今日くらい、つらい出来事よりも、楽しいことを話していたい。

ナイトが帰り、陸翔の母親が眠りを取り戻して、家族が新しい土地に旅立つのだから。

せめて今夜は自分の知る一番おいしい珈琲で、祝杯をあげようと結月は思った。

4・止まった時間とふたつの嘘

「榊《さかき》さん、もういいかげんあきらめて！」

結月《ゆづき》は声をあげ、必死に逃げまわった。しかし敵もさるもの。榊の追撃はゆるまない。

「あきらめるのはそっちだ。逃げられると思ったら大間違いだ」

「ええっ!?　ちょっと待っ……あぁっ」

逃げきったと油断したとたん、背後に回られ結月は声をあげる。

次の瞬間、結月の操作する戦闘機は大画面の中で爆発し、四散した。

「あー!!　また負けた！　少しは手加減してくれてもいいのに、大人げないなぁ」

七度めの敗戦に結月は天井を仰ぐと、隣であぐらをかいている榊を睨《にら》みつけた。

「昔のゲームなんて目をつぶってても勝てるとか、大見得きるからだよ」

榊はコントローラーを手に、悪びれもせずそう返す。

「だって、こんなラクガキみたいなグラフィックが機敏に動くなんて思わなかったし」

何世代前かもわからない、旧式のゲーム機を見下ろし、結月はむくれた。

土曜の夜十時過ぎ、結月がいるのは榊の自宅リビングである。

「すっかり二人だけの世界に突入してたけどね、二人とも当初の目的、忘れてない？」

一人掛けのソファに腰を下ろし、そう声をかけてくるのは医師の湊川高尋《みなとがわたかひろ》だ。

「えっと……ごめんなさい。なんだっけ」

「旧世代ゲームの体験会だろ」

結月と榊が続けて答えると、湊川は「違うよ」とため息をつく。

「ここにある本、入れ替えるんだろ？　まだ三分の一も片付いてないじゃないか」

そういえばそうだった、と結月は我に返った。

結月が榊の店に出入りしはじめて、二カ月半。常連客の立場も板について、店が開いている日はとりあえず顔を出さないと落ち着かないまでになっていた。

喫茶「どろぼう猫」には、オーナーから店を預かる湊川と、事実上の店主である榊以外、従業員はいない。店では、定期的に書棚の本を入れ替えているらしいのだが、人手が欲しいということで、今日は手伝いを頼まれたのである。

榊からはバイト代を払うと言われたのだが、今回はボランティアということで引き受けた。珈琲《コーヒー》代をしょっちゅう割り引いてもらっているお礼をかねてと思ったからだ。

店に置いてある本の大半は榊の私物で、九階にある彼の自室から運んできているという。

二階の店から運んだ本を九階の部屋に戻し、本を入れ替えるだけの作業だが、何度も往復するのはけっこう手間がかかる。

今夜は湊川も手伝えるという話だったから、二階の店にある本を二人して箱詰めし、台車に載せて九階の部屋に運んできたところだ。

榊の自宅を訪れたのはもちろん初めてだが、中を見て結月は驚いた。

南向きのリビングの壁一面、天井まで本棚で埋めつくされており、一角には大画面のプラズマテレビが置かれている。蔵書は店に置かれているのと同様、軽い読み物から学術書、ビジネス関連の実用書から、画集に図鑑まで多岐にわたっており、仕事部屋や物置として使っているほかの部屋にまで本があふれていた。

「これ……ほとんど図書館だね」

結月はあきれ半分に呟いたが、そのわりにごちゃごちゃした印象を受けないのは、部屋の広さもさることながら、書棚以外の家具の少なさによるものだろう。実際、のぞかせてもらった仕事部屋は備えつけのクローゼットのほかにはパソコンデスクと椅子しかなかったし、書棚とテレビのあるリビングには一人掛けのソファが置いてあるだけだった。

はじめのうちはまじめに本を運んでいたのに、なぜ途中からゲーム大会になってしまったかといえば、リビングのテレビのそばに、場違いなほど旧式のゲーム機を結月が発見したからだ。知人からのもらいものだというそれを見て「まだ動くの？」と聞いたところ、榊はソフトを入れて画面を見せてくれた。ところが、あまりに原始的なグラフィックを見た結月が思わず「これなら目をつぶってもクリアできそうだね」と笑ったところ、「ならやってみろ」とコントローラーを渡されてしまったのである。

「わ。もう一時間もたってる！」

テレビのそばに置かれた電波時計を見て結月がぎょっとすると、湊川が読みかけの文庫本を閉じて笑った。

「何度も声をかけたんですけど、全く耳に入ってませんでしたねぇ」

「なんか新鮮でつい……」

榊の繰り出す裏技がどう考えても物理法則に反した動きをするもので、思わず突っ込みながら夢中になってしまった。シンプルなぶん、あなどれない面白さだ。

「一時間くらいならかわいいもんだよ。俺なんて、これをもらった日は三十分のつもりで徹夜したからな」

「いい歳《とし》した大人が威張るところじゃないと思うけど……」

堂々と胸を張った榊に、結月は脱力する。

台車で何度も往復するため、マンションの住人がエレベータを使うのに支障が出ないようにと夜になってから作業を始めたのだが、途中でこんな罠が待ち受けていようとは。

「この分だと日付が変わるまでに終わらないかもしれないねぇ」

「あとはこっちの本を下に持っていくだけだ。すぐ終わる」

ぼやいている湊川に、下に運ぶ本のリストを渡しながら榊は言った。

「すぐ終わるって、五十音順とかにちゃんと分類してあれば、の話じゃないか」

「おおよそのジャンル分けくらいはしてあるぞ」

「じゃあ、あたしはこの童話のを持ってくればいいのかな」

リストの一枚を受け取って結月は呟いた。

「頼む。そんなに数は多くないはずだ」

「それにしても、こんなに集めたなんてすごいね」

結月は改めて、壁を埋めつくす本棚をしみじみと眺めた。

「最初は眠れない夜の退屈しのぎに買ってたんだけどな。今は電子書籍もあるし、中古書店に引き取ってもらったのもだいぶあるから、これでも減ったほうだよ」

榊はリストを手に、店に持っていく本を選びながら答える。

膨大な本やソフトが置かれているにもかかわらず、マニアックな匂いがしないのは、ジャンルに法則性がないせいだろう。よく言えば偏《かたよ》りがなく、悪く言えば節操がない。

まるで、目についたものを片っ端から手に取ってきたような印象だ。

じっくりと棚に並んだタイトルを確かめ、リストの本を探しながら結月は息をついた。

「本に漫画に映画にゲームまで……こんなにあったらかえって寝る暇なくなりそう」

「どうせ眠れないなら有意義に過ごしたいだろ？　夜を楽しむ方法はいくらでもある」

そういえば、初めて店を訪れた時にもそんなことを言っていたと結月は思いだす。

眠れない夜は長くて退屈で、時々怖くなったり寂しくなったりするけれど、榊のように前向きに楽しんでいたら、夜が待ち遠しくなりそうだ。

「あれ、でも……だったら、どうして榊さんはどろぼう猫なんて探してるの？」

結月はふと疑問にかられて首をかしげた。これだけ充実した不眠生活を堪能《たんのう》しているなら、眠れなくても問題なさそうだ。どろぼう猫をつかまえる必要なんてない気がする。

結月の疑問に、棚の本を取り出していた榊は手を止めて答える。

「落とし前をつけたいから、かな」

「落とし前？」

物騒な響きに眉を寄せると、榊はおもむろに身をかがめ、声を落とした。

「実は……言いにくいんだけど」

「な、何？」

こくりと息をのんでうなずくと、榊は結月の手にしたリストを指し示す。

「童話はこっちの棚じゃないんだ。物置の本棚のほうにまとめて置いてある」

「それならそうと早く言って！」

道理で、いくら本棚を見渡しても目当てのタイトルがないはずだ。

さりげなく話をはぐらかされた気もしたが、結月は深追いしないことにして、玄関のそばにある物置に向かった。物置といっても、壁際に本棚が置かれているのはリビングと同じで、違いといえば床の上に段ボールがいくつか積まれていることくらいだ。リビングにあるものより本棚も小さめなせいか、リストの本はすぐに探し出せた。

「えっと、最後はミヒャエル・エンデの『モモ』か」

小学生の頃、母に買ってもらって読んだ本のタイトルを見て、結月はなつかしくなる。

榊がこれを読んでいるというのは、やっぱり意外だ。

「しかも愛蔵版だし」

物置の隅、本棚の一番下に収まっていた箱入りの本を見つけ、結月は小さく笑う。

赤い箱に描かれているのは、針のない時計と亀のイラストで、結月が持っているのと同じものだ。中に入っているオレンジ色の布張りの本は、まるで宝箱のようなかわいらしさがあって、もらった時のわくわくした気持ちがよみがえる。

内容は少し難しいところもあったけれど、時間を忘れる面白さで、読み終えた時に本を抱きしめるくらい、結月にとって大好きな本になった。今でも実家の自分の部屋には、この本が大事にしまってある。

「なつかしいな……」

呟きながら、中の本をぱらぱらめくっていた結月は、ふと、棚の前に置かれたものに気づいて、身をかがめた。白い布がかけられたそれは、どうやらキャンバスのようだった。

こっそりめくってみると、風景画の油絵がちらりとのぞく。

絵まで描いてたなんてつくづく多趣味な人だな、と感心した結月は、ふと眉を寄せた。

「あれ？」

思わず声が出たのは、一瞬、違和感のような何かが脳裏をよぎったからだ。

それが何なのか、記憶をたぐりよせようとしたとたん、物置の外から声がかかる。

「結月さん、ちょっといいですか？」

「うぁ、はい!?」

結月は本を手にしたまま飛び上がった。すっとんきょうな返事を聞いて、声をかけてきた湊川が首をかしげる。

「ゴキブリでもいましたか？」

「い、いないいない。何？」

ごまかし笑いをしつつ尋ねると、湊川はリビングのほうを指で示した。

「結月さんの電話、鳴ってるみたいですよ」

駆け戻ってスマホを探すと、ダイニングキッチンに面したカウンターの上に置きっぱなしになっていた。あわてて出ようとして、『自宅』の表示に体がこわばる。

「……はい」

『結月？　よかった。やっと出た。さっきからかけてたのよ』

ひさしぶりに母親の声を聞いたとたん、心臓がいやな音をたてた。

「ごめん。ちょっと気づかなくて」

そう答えながら、普通に話せているだろうかと結月は不安になる。

「どうかしたの？」

『どうかしたってあなた、用がないと電話かけちゃいけないの？　放っておくと全然かけてこないんだから』

「試験とかでけっこう忙しくて、なかなかヒマとかなかったから」

結月は早口で答えながら、顔にかかる髪をかきあげる。

そういえば、母親の声を聞いたのはいつぶりだろう。保存食や、家に置き忘れた夏物の衣類を送ってもらった時が最後だった気がするから、半月ぶりくらいだろうか。あの時も、ほとんど用件だけすませて切ってしまったけれど。

『でも、試験だってそろそろ終わる頃よね。夏休み、どうするのかって聞こうと思ったのよ。お盆くらいは戻ってこられるんでしょう？』

「どうかな……。サークルの合宿とか、バイトのシフトとか、けっこう予定入ってるから、今年は無理かも」

結月が答えると、母親の声のトーンが変わった。

『そんなこと言って、ゴールデンウイークにだって帰ってこなかったじゃないの。海外に住んでるってわけじゃないのよ。そこから三時間もあれば帰ってこられるでしょう？』

「ごめん……でもほんとに忙しくて」

『忙しいっていったって、バイトだってそんなに必死になってやる必要ないでしょう。仕送りだって充分してるんだから。だいたい一人でちゃんとやれてるの？　食事とかは？』

ああこれは完全に小言の流れだなと思ったが、逆らうとかえって炎上するのも知っているから、結月は淡々と答える。

「大丈夫。家事だったら時間見つけてやってるし、荷物と一緒に送ってもらったレシピとか、けっこう役に立ってる。こないだ豆腐ハンバーグ作って食べたよ。うまくできた」

『そうなの？』

「うん。今年の夏は無理だけど、落ち着いたら帰るから」

『落ち着いたらっていつ？』

「お正月とかかな。ああ……でも、その時になってみないとわかんない」

結月は言葉を濁《にご》すと、母親から何か言葉が返ってくる前にまくしたてた。

「あ。来週もうひとつ試験あるから、勉強してたとこなんだ。ごめん、またかけるね」

逃げるように電話を切って、はーっと全身で息を吐いていると、榊が声をかけてくる。

「電話、実家から？」

「うん。母親」

結月はぽつりと答えてスマホを置く。よりによってこんな時に親からかかってくるなんて、間が悪いとしか言いようがない。

「結月さん、ご実家はどちらなんですか」

段ボール箱に本を詰めながら質問してきたのは、湊川だ。

「長野だけど……」

「なら、日帰りできない距離でもないな。そんなに忙しいのか？」

「忙しいってゆうか」

榊の問いに、結月は口ごもる。

母親にはああ言ったが、実際のところ、バイトは週に二日か三日程度のシフトだし、サークルの合宿も海でバーベキューをするくらいのものだ。帰ろうと思えば充分帰れる。

「ただ、今は無理ってだけ」

「親御さんと喧嘩《けんか》でもされたんですか？」

「……べつに、普通だと思うけど」

母親は心配性なところはあるけれど、結月も嫌っているわけじゃない。一人暮らしはさんざん反対されたとはいえ、最後には結月の意志を尊重してくれたし、父親は家を出たいと言った時、すぐに賛成してくれたほど理解がある。

「でも、帰れない、かな」

実家に戻ることを考えると、全身の血管がぎゅっと絞られるように苦しくなる。

うつむいた結月から何かを察したように、二人はそれ以上、何も聞こうとはしなかった。

＊

結月にとって不測の事態は、翌週に起きた。

自宅マンションに帰ってきた結月は、喫茶「どろぼう猫」に入るなり声をあげた。

「なんでいるの……!?」

「なんでって、心配だから様子見に来たに決まってるでしょう?」

よそいきのワンピース姿でカウンター席に座っていたのは、結月の母の美歌子《みかこ》である。

大学の前期試験も終わり、開放感にあふれる中で友達と打ち上げをしようと盛り上がっていた時、榊から突然のメッセージを受け取った。

『君の母親が店に来てる』

そんなおそろしい一文を目にした結月は、取るものもとりあえず帰ってきたのだった。

「お父さんに言うと止められるから、黙って出てきちゃったわ。でもよく考えたら、部屋の鍵、預かってるのお父さんだったのよね。ここまで来たのはいいけど、中に入れなくて」

「だったら、連絡くれれば帰ってきたのに……」

「電話なんかしたらあなた、理由つけて逃げるでしょう?　管理人さんも出かけてるみたいだったし、どうしようかと思ってたらこのお店見つけたから」

結月の部屋を訪ねてきた母は、目ざとく二階の喫茶店を見つけ、店のブザーを押しまくったという。深夜営業のため、休業中は店のブザーが榊の自宅につながるようになっていたが、降りてきた榊に母が事情を訴えると、彼は結月に連絡を入れる一方で、店を開けてくれたようだ。

「ここ、眠れない人のための深夜カフェなんですってね。都会にはしゃれたお店があるのねぇ。開店時間じゃないのにお店の方も快《こころよ》く入れてくださったし」

「……うん」

おそらく、母の訴えに榊も店を開けざるを得なかったのだろう、と想像しつつ、結月は相槌《あいづち》を打った。カウンターの上には信州そばやらおやきやら、地元の名産品が貢ぎ物のように山と積まれている。店に居座って話をするうちに、すっかり榊と打ち解けたらしく、母は上機嫌だった。

「東京で一人暮らしだなんてあなたにやっていけるのかしらって思ってたけど、ここでよく食事してるんですって？」

「そうだけど。だめかな」

身を乗り出すように確認され、結月がうなずくと、母はすかさず首を振る。

「だめなんて言うわけないでしょう？　こんなにいいお店が近くにあるならお母さんも安心だわ。おかしなところに出入りするよりずっといいわよ」

ねえ、と同意を求められ、榊は困ったように笑う。

「こちらの榊さんね、H大の経済学部ご出身だそうなのよ。昼間は会計事務所で働いてるんですって。H大っていえば、ソウちゃんの最初の志望校だったところでしょう？　なんだかご縁があるわよね」

　母の口にした名前を聞いたとたん、息が詰まり、結月はその場から逃げ出したくなる。

「ソウちゃん？」

　けげんそうに榊が問い返すと、母は笑顔で答えた。

「この子の兄なんです。結局、地元の大学に進学しましたけど」

「ああ、そうでしたか」

　榊は母の言葉にうなずき、結月を見て表情を変える。

「……大丈夫か？　顔色悪いけど」

「え？」

　その場に棒立ちになっていた結月は、榊の言葉に我に返った。知らないうちに額ににじんでいた汗に気づき、手の甲でぬぐおうとすると、母がのぞきこんでくる。

「ほんと、真っ青よ。具合でも悪いの？」

　母の言葉をさえぎるように結月は顔をあげ、笑顔をつくった。

「なんでもない。外、暑かったから汗すごくて」

「あら、熱中症じゃないわよね。何か飲んだら？　こっちは長野と暑さの次元が違うんだから、気をつけないとだめよ」

「部屋で休めばよくなると思うから、とりあえずあたしの部屋に戻ろう？　今だって営業時間でもないのに開けてもらってるんだから、榊さんにも悪いし」

結月の世話を焼こうとした母は、結月の言葉にぎこちなくうなずく。

「あ……。そうね。ごめんなさい。無理にお店を開けていただいて」

スツールを下りて頭を下げた母に、榊はほほえむ。

「お気遣いなく。それより、具合が悪いならここで休んでもらってもかまわないが」

心配そうにこちらを向く榊に、結月はあわてて首を振った。

「ううん、ほんとに平気。ありがとう。これ、珈琲代。またよろしくね」

早口で挨拶《あいさつ》すると、せかすように母親の背中を押し、店を出る。

これ以上、母と一緒にこの場所に留まれば、何を聞かれるかわからない。そう思うと、榊と話すのも、今はなんだか怖かった。


「今日はせっかくだから、結月の好きなもの作るわね」

結月の部屋に戻ると、やれ片付けがなってないだの、洗面所の鏡が曇ってるだのと、母は忙しく点検して回っていたが、最後に冷蔵庫の中を確かめてそう言った。

「電話だと料理してるみたいなこと言ってたけど、あんまり食材入ってないわねぇ」

「いつも作る前に買いに行くから」

結月はベッドに腰かけて言いわけする。

結月の住むワンルームは、ベッドをひとつ置いたら、あとは小さなテーブルとライティングデスクがなんとか収まるくらいの広さだ。キッチンも申し訳程度についてはいるが、ＩＨコンロがひとつあるだけで、あまり手の込んだ料理を作るのには向いていない。

一人暮らしを始めてからは、パスタとか煮物とか、一品料理を作るだけで、あとは買ってきた惣菜で色どりをくわえるのが精いっぱいだった。

「あ、じゃああれにしましょうか。ハッシュドビーフ。お鍋ひとつでできるし、あなた好きでしょ」

それなら先週食べた、と喉《のど》まで出かかったが、結月は「うん」と返事をする。食べたといっても、レトルトを温めただけだから、ひさしぶりに母が作るものを食べたかった。

行きつけのスーパーに二人で行くことにして、マンションを出る。

住宅街から駅前のスーパーに向かう道は、日暮れにはまだ早い時間帯のせいか、下校中の小学生や自転車に子供を乗せた若い主婦が行きかうくらいだ。

初夏の日差しは目にまぶしくて、アスファルトから熱気がむわりと押し寄せてくる。

「あなた、もう少し寝てなくていいの？」

暑さにやられたようなことを言ったからか、母は結月に日傘をさしかけてきた。

「しばらく休んだし、もう大丈夫だってば」

ベッドに横になっていたのは、母と余計な話をしたくなかったからだから、あまり心配されると気がとがめる。

結月がさりげなく日傘をよけようとすると、母が何かに気づいたように足を止めた。

「あら。もうダリアの季節なのねぇ」

母の視線の先には、小さなフラワーショップがある。ウィンドウから色とりどりの花が顔をのぞかせていて、白を基調とした外観も洋館風でかわいらしい店だ。

たくさんの花弁を規則正しく開かせた花は、小玉のようなものもあれば、牡丹《ぼたん》のようにふんわりした花もあり、色の濃いもの、薄いものと、それぞれ競い合うように咲いている。

「ソウちゃん、ダリアが好きだったのよね」

「お兄ちゃんが？」

亡くなった兄が、花好きだったなんて意外だ。父親譲りで背が高く、体格もよくて、いつも大型のバイクを乗りこなしていた。性格は明るかったが、どちらかといえば無骨な人だった気がするのだが。

「花びらがね、幾何学模様でおもしろいって」

ウィンドウの前まで近づいて、母はうれしそうに目を細める。そういえば、母が兄に供える花にはよくダリアが混じっていたと結月は思いだした。

「これ、買っていきましょうか」

「え……なんで？」

結月が驚くと、母がゆっくりこちらを見る。

「だって、これ、飾っておいたら、ソウちゃんが喜んでくれるでしょう？」

疑いもなく口にされた言葉に、ぐっと絞めつけられるように息が苦しくなる。

とっさに何と答えればいいのかわからなくなって、唇を噛《か》むと結月はうつむく。

「結月？」

血の気が引いているのが自分でもわかるほどだったから、母が結月を見て顔色を変える。

「あなた、本当に大丈夫？」

「うん……。お花は今日はいいから、もう行こう、お母さん」

結月がうながして歩き出すと、母は後ろ髪を引かれるように振り向いたが、それでも店には入らず、再び歩きはじめた。


「これ、どうしたの？」

その夜、母が作ったハッシュドビーフを盛りつけようとしたところで結月は手を止めた。

調理台には、結月が普段使っている皿のほかに、新しい皿が二枚置かれている。

「さっき買っておいたのよ。だってこの部屋、あなたの分のお皿しか置いてないんだもの。お客さんが来た時のために、何枚かそろえておいたほうがいいわよ」

スーパーで買い物したあと、同じビル内の雑貨屋に母が入ったが、あの時にこれを買っていたのだろう。

「さ、食べましょう」

ハッシュドビーフを盛りつけて、母はテーブルにてきぱきと並べる。当然のように並んだ三つの皿を見たとたん、心臓が絞られるようにまた息苦しくなった。

結月と母は向かい合わせに座り、誰も食べる者のいないもう一枚の皿は、結月の右手に置かれたまま、むなしく湯気をたてている。

そちらを見ないように、ひたすら黙って食事をしていると、母が言った。

「ねぇ、結月。ソウちゃん、今どんなふうにしてる？　喜んでるかしら」

ハッシュドビーフは兄も好物だったからだろう。母の目が期待するように結月の右手側に向く。「喜んでるよ」とか「うれしそうだよ」とか、答えることはいくらでもできた。

実際、実家にいた頃は、ほとんど毎日のようにそうしてきたのだ。

亡くなった兄が、今も母のそばにいると結月が言ったあの夜から、ずっと。

結月は誰もいないテーブルの右手を見た。もちろん、兄の姿なんてあるわけがない。

霊感なんてどこにもないし、幽霊なんて見たこともない。いっそ見えないものを感じ取る特殊な力でもあれば、母の心をもっと軽くすることができたろうかと思う。

けれど、ほんの数カ月前まで、何の抵抗もなく口をついていた嘘《うそ》は、喉の奥で固まったみたいにつっかえて、どうしても出てこなかった。

「ごめん。よくわかんない」

かすれた声で、かろうじてそう言うと、がっかりしたように母の顔から表情が消える。

結月はその顔から目をそらして、気休めのように続けた。

「こっちに来てから、そういうのあんまり見えなくなって。でも、お兄ちゃんは今もお母さんのそばにいるし、きっと喜んでると思う」

「そう。……よかった」

ほっとしたように母はほほえむと、ゆっくりとスプーンを動かし、食事を口にはこぶ。

結月も再び食べはじめたが、とても味わう気持ちになれなかった。

「あ。ごめん電話だ」

スマホが震えたのはまさにその時で、結月はすぐに取りあげ、立ち上がる。

「ちょっと出てくるね」

行儀が悪いと言いたげな母に一言断って、ひとまずベランダに出てサッシを閉める。

電話は父親からだった。

『結月か？　母さんがそっちに行ってるんだってな』

「うん。ごはん作ってくれて、今食べてるとこ」

狭いベランダから室内を振り返り、結月は言う。母がこちらに現れてから、父に何度となく電話やメールをしていたが、なかなか連絡がつかなかったのだ。

『父さん出張で今新潟でな。さっきまで会議だったんだ。母さんの様子、どうだ?』

「ん。同じだよ、前と」

結月が軽い調子で答えると、その一言で察したように「そうか」と父が低くうなる。

『ずいぶんおまえのこと気にしてたからなぁ。夏休みも帰らないって聞いて落ち込んでたし、どうしても会いたかったんだろう』

会いたかったのはどっちだったんだろう、と結月はぼんやり思う。

結月のことだろうか。それとも、兄だろうか。

『結月?』

そんなことを考えていると、父の声に呼びかけられ、結月は我に返った。

「ああ、うん。大学入ってからずっと帰ってなかったもんね。お母さん、今夜はうちに泊まって、明日には帰るって言ってた。何なら、あたしが長野に送っていってもいいし」

結月が言うと、電話の向こうで一瞬父が黙る。

『本当にいいのか? もう、おまえが無理をする必要ないんだぞ』

家を出たいと訴えた結月を、労《いたわ》った時と同じ声で父が言う。その声を聞いたとたん、だめかも、という弱音が口をついて出かかったが、電話の向こうの雑音に遮られた。

父はどうやら誰かに呼ばれているらしく、雑音にいくつかの人声が混じる。

「……あたしは大丈夫だから」

結月の答える声が、届いたかどうかはわからない。少しの沈黙のあとで、電話の向こうから、せかされるような早口の声が聞こえてきた。

『こっちの都合をつけたら連絡するから、すまんが一晩だけ母さんのことよろしく頼む』

「わかった」

あわただしく通話が切れると、結月はスマホを下ろし、埃《ほこり》っぽい手すりにもたれる。

戻りたくないなと思ったものの、ひとつきりの部屋に逃げ場なんてあるはずもない。

目の前を隣のビルに塞がれたベランダからは、夜景も東京タワーも見えない。

けれど、この息苦しさが眺めのせいでないことは、結月にもよくわかっていた。


予想はしていたが、その日の夜は長かった。

母は結月のベッドで十時過ぎにはもう寝入ったが、結月自身は眠ることなどできず、床に敷いた薄いマットの上で何度も寝返りを打ち続けた。

暑さのせいか、それともずっと母といるせいなのか、自分でもよくわからない息苦しさに耐えながら二時間あまりが過ぎた頃、結月はのそりと起き上がった。

このまま一晩過ごすなんて、正直あまりにきつすぎる。

そうっとベッドのほうをのぞきこんでみると、母はぐっすりと眠っていた。

平和な寝顔にあきれつつも少し安心して、結月はするりと寝床を抜け出す。

屋上にでも行って、ほんの少しだけ、外の空気が吸いたいと思った。


「お母さん、ここに来なかった?」

二階の喫茶「どろぼう猫」に入るなり、結月が尋ねると、榊が視線をよこした。

時刻は深夜一時前で、席はちらほらと客で埋まっている。カウンターには湊川の顔も見えたが、母がいる様子はなかった。

「いや、来てないが」

「そう、ありがとう」

榊の返事を聞くと、すぐに身をひるがえす。店を出て、階段に向かおうとしたところでふいに後ろから手首をつかまれ、結月はつんのめるように立ち止まった。

「何があった?」

何すんの、と手を振りほどこうとして、榊の表情の真剣さに文句をのみこむ。榊を見れば、自分が今、どんな顔をしているのか想像がついた。

「……いなくなってて」

出てきた声は、我ながら情けないくらいにか細かった。

「眠れなくてちょっと屋上に行ってたんだけど……戻ったらお母さん、いなくなってて」

十分くらいで戻るつもりでいたのだが、なかなかあの部屋に帰る踏ん切りがつかず、あと少し、あと少しと思っているうちに四十分以上が過ぎていた。

なんとか覚悟を決めて部屋に戻ると、ベッドから母親の姿がなくなっていたのである。

「こんな時間に行くとこなんてないはずなんだけど、携帯も置きっぱなしになってるし」

相手は大の大人だ。深夜とはいえ、一人で出歩いたとしても心配するようなことではないのかもしれない。それでも、部屋に戻って待つ気になれなくて、とにかく探しに行こうとすると、再び肩をつかまれ引き戻される。

「なんなの!?」

苛立《いらだ》った声をあげた結月をのぞきこみ、榊が言った。

「少し落ち着いたほうがいい。君のお母さんは、夜中にあてもなくあちこち歩き回ったりする人なのか？　どこかに出かけただけってことはないか？」

「どこかって……。お母さん、今日ここに来たばっかりだし」

出かける場所も知っている場所も、この近くになんてないはずだ。

そう思ったところで、結月は我に返る。

昼間、買い物に行く途中のことを思い出し、結月ははじかれたように顔をあげた。

「あそこかも！」

「高尋、少し店を頼む。すぐ戻る！」

結月が駆けだすと、背後で榊が店の奥に向かってそう声をかけるのが聞こえた。


昼間通りかかった、洋館風のフラワーショップに駆けつけた結月は、周囲を見回した。深夜のこの時間に店が開いているわけもなく、白い壁の漆喰《しっくい》が夜闇の中にぼんやりと浮かびあがっている。母の姿はそこにはなくて、結月は手がかりを失って立ちつくした。

「いないのか？」

問いかけてきた声は榊のものだ。

結月のあとから追ってきた彼は、少し息を切らせていた。

「ここかと思ったんだけど……」

結月は答え、肩を落とす。

「すぐ戻るつもりで散歩にでも出てるのかもしれないな。近くを探してみるか」

駅に向かう道を歩きかけた榊が、ふと何かに気づいた様子で立ち止まる。視線を向けた結月は、小柄な人影がこちらに歩いてくるのを見て呼びかけた。

「お母さん！」

「あら、結月。どうしたの？」

母は小さな花束を手にしていた。

「どうしたのって、それはこっちの台詞《せりふ》だから！　急にいなくなるからびっくりしたよ。どこ行ってたの!?」

きょとんとしたのんきな顔を見たとたん、怒りがわきあがって強い口調で尋ねる。

「やっぱりどうしてもお花が欲しくて。ここのお店は閉まってたけど、さっきのスーパーに少しだけ置いてあった気がしたから、買いに行ってたのよ」

駅前のスーパーは二十四時間営業だ。わざわざそんなところまで行ったのか。

「ダリアはなかったけど、このお花、まだけっこう香りがするし、お部屋に飾ったらソウちゃんも喜ぶんじゃないかしら」

そんな言葉を聞いたとたん、何かが焼き切れて、結月は声を絞りだした。

「……喜ぶわけないいじゃん」

「え？」

「お兄ちゃん、とっくにこの世にいないんだから、そんなの喜ぶわけないでしょう？　お兄ちゃんが死んで何年たったと思ってるの!?」

母の顔がこわばり、青ざめてゆくのを見ても、結月はやめることができなかった。

「もう充分じゃない。いいかげん、お兄ちゃんのこと成仏させてあげてよ！　お兄ちゃんが今もそばにいるかどうかなんて、あたしにはわかんないよ。もうこんなのやめようよ。

おかしいよ……！」

一度口をつけば、ずっとのみこんできた言葉があふれだす。

さらに言葉を継ごうとしたところで、「結月」と榊に名を呼ばれた。

その声に我に返ってみると、母は不意の銃撃をあびたように立ちつくしている。

花束をつかんだ手が震えているのを見たとたん、自分が何を口にしたのかを悟って、結月はうつむいた。

「ごめん……」

母がどんな顔をしているのか、直視できない。聞こえるかどうかもわからないような声で、ただ呟くのが精いっぱいだった。

「とりあえず、今は戻ったほうがいい」

榊は静かにそう言うと、母にも丁寧に声をかけ、帰りをうながす。

虚脱したように動かなかった母は、榊がそっと背中を押すと、素直に歩き出した。

それでも、結月がその場を離れられずにいると、ふいに手を引かれる。

ほら、とも、帰るぞ、とも言わず、榊は当然のように結月の手を引いて歩いた。

間に榊を挟んでいなければ、とても母と並んで帰る勇気は出なかっただろう。

真っ黒なアスファルトをひたすら見つめながら、少し蒸し暑い夜の道を、結月はうつむいて歩いた。マンションに戻るまで、榊は結月の手を放そうとしなかった。

「病院で処方されている安定剤と睡眠導入剤をお持ちでしたから、そちらを飲んで、お休みになりましたよ」

湊川は店に戻ってくると結月にそう告げた。

マンションに戻ったあとも母の顔色が戻らないのを心配して、榊が念のため、店にいた湊川に診察するよう頼んだのだ。

あんな言葉を投げつけたあとで、どんな顔をして母と話せばいいのかわからなかったから、榊の配慮も、診察を引き受けてくれた湊川の存在も結月にはありがたかった。

店内にいた客は、先ほど最後の一人が帰ったところで、今は結月しかいない。母のことで騒がせてしまったから、そのせいでお客も長居しづらかったのかもしれない。

「ごめんなさい。お店にも迷惑かけちゃって……」

結月はカウンターに両肘《ひじ》をつき、うなだれた。

「気にしなくていい。今夜は常連ばかりだったからな。ここにはいろいろ事情のあるお客も来るから、みんな察してくれるよ」

榊はそう言ってくれたが、自己嫌悪はなかなか消えそうになかった。

「あんなこと、言うつもりなかった。ほんとに」

誰に告げるともなく、結月はぽつりと言った。

「今夜一晩だけでも、お母さんのこと納得させて、うまくごまかして、安心させて帰ってもらうつもりだったのに……」

嘘をつくのがあんなに苦しいとは思わなかった。

榊はうなだれている結月の前に珈琲のカップを置く。

あたたかな湯気を立てるそれは、結月の好きな「時間のかかるとっておき」の一杯だ。

砂糖もミルクもなくていい。紅茶のようにすっきりとした味わいの珈琲をひと口飲んで、結月は吐息をもらす。

「事情を知ってもいい話なら、聞かせてくれないか。もしそうでないなら、俺たちはこのことに関しては口をつぐむから」

深みのある榊の声に、結月はゆるゆると顔をあげた。

少しだけためらって、ジーンズのポケットをさぐると、返事のかわりに、古びたオイルライターを取り出し、カウンターに置く。

「……それ、確か、君のお兄さんの」

見覚えがあったのか、榊が眉をあげた。

「そ。お兄ちゃんの形見。榊さんに最初に屋上で会った日、お兄ちゃんの命日だったの」

結月の兄、壮祐《そうすけ》は八年前に交通事故で亡くなった。結月が十歳の時だ。

事故は昼間、大学の友人をバイクで送り届けたあと、実家に帰る途中で起きた。居眠り運転の対向車をよけようとしたのが原因だと聞いている。

「歳が離れてたせいかな。お兄ちゃん、いつも忙しそうにしてたし、そんなにたくさん一緒にいた記憶ってなくて。あたしにも優しくしてくれてたし、お兄ちゃんのことは好きだったけど、事故の時もお葬式の時もなんか実感わかなくて、しばらくは、悲しいとかつらいって感じじゃなかった気がする……」

兄は大学に入ったあと、家を出て一人暮らしをしており、余計に顔を合わせることも少なかった。もう兄はいないのだとわかってからも、亡くなったとは思えずに、しばらく家を空けているだけのように感じられたほどだ。

「お葬式の時は、お兄ちゃんがいなくなったことより、取り乱してる親のこと見てるほうがつらくて、怖かった。特にお母さんは、自分のせいだって、おかしくなっちゃったかと思うくらい泣き叫んでたし」

「自分のせい？」

「お兄ちゃんが帰ってくるはずだった日、家族みんなで食事に行くことになってたの。うち、家族の誕生日は全員そろって食事するとか、そういうルールがあって。でもその年は、お父さんの誕生日もお兄ちゃんの誕生日も、二人とも予定があってできなかったから、お母さんの誕生日くらいはちゃんと集まろうっていう話になってて。……それで」

兄の遺体にとりすがって泣いている母親の姿を見た時、母親はもう二度と、こちら側には戻ってこないのではないかと結月は思った。事実、母親の心の一部は兄があの時連れていってしまったのだろう。

「お兄ちゃんが死んでからお母さん、毎日事故現場に行って手を合わせて、お花も替えて、雨でも台風でも道が雪で埋まってても、一日も欠かさなかった。あたしやお父さんが今日くらいやめたらって言うと、怒って手がつけられなくなるの。あなたたちはそうやって、壮祐のこと忘れるつもりなのって。だから何も言えなくて……」

それでも、結月や父が止めたせいで、少し人目を気にするようになったのだろう。

母は昼間ではなく、深夜に一人、家を出て、事故現場に花を供えるようになった。

誰もが寝静まった午前一時過ぎ、花束を手にした母が玄関を出ていく。ひっそりとしたその音を、結月は何度も耳にした。引き止めたいと思っても、かける言葉が見つからなかった。それこそ、途中で事故にでも遭ったらと心配になり、こっそりあとを追ってみたこともあるが、母は事故現場に着くと、長い間、供えた花に手を合わせていて、結局声をかけられないまま家に帰るしかなかった。

事故現場は中学、高校の通学路のそばにあったから、結月は毎日、母の供えた花を見て学校に通った。白や黄色の菊、ダリアにマリーゴールド、紅《くれない》やピンクのグラジオラス、紫のアイリス、山吹、向日葵《ひまわり》、カサブランカ。

どれほど時が流れても、兄を喪《うしな》った痛みは消えないのかもしれない。

母にとって、兄はそれほどかけがえのない存在だったのだ。日々、種類を変える供え花を見れば、母の心が危ういところで均衡を保っているのはわかったが、結月も父も、どうすれば母を引き止められるのかわからなかった。長い夜を、結月が眠れずに過ごすことが多くなったのは、その頃からだ。

「あたしが高校の時、お母さん、けっこうひどい風邪ひいたことがあって。秋の終わりで、すごく寒くて、雪とかちらついてるのにその日も出かけようとしてたから、どうしても止めなきゃと思って」

思えば、あの夜も父は出張で家を空けていた。母の手から花束を取りあげ、代わりに行くと結月が言っても母は聞かなかった。とっさに、どうしてあんな言葉が口をついたのか、今考えても結月にはわからない。ただ必死だった。それだけだ。

「こんなことしてもお兄ちゃんは喜ばないって言ったの。お兄ちゃんは花なんか欲しくないし、今だって、あんなところに行くより家で寝ててほしいと思ってるって」

どうしてそんなことがわかるのと子供のように聞かれれば、結月も答えるしかなかった。

「お母さんには見えないかもしれないけど、あたしには見えるし、お兄ちゃんが今もそばにいるのがわかるって言ったら、お母さん、さすがにびっくりしたみたいで」

半信半疑というより、はじめはほとんど信じていなかった。当然だろう。母は霊感なんてものはないし、結月だってそんなことを口にしたのは初めてだったのだから。

それでも、兄しか知らないはずの事実を伝えると、母の反応が変わるのがわかった。

バイクのスペアキーの隠し場所や、暗証番号の語呂あわせ。子供の頃、足を骨折した本当の理由や、点数のひどい答案の処分法。すべて、幼い結月がたまたま目にしたり、兄が口をすべらせて「誰にも言うなよ」と口止めされていたようなことばかりだったが、ひとつ話すたびにこわばっていた母の顔がやわらいで、気がつけば母は結月の前で嗚咽《おえつ》をあげて泣き崩れていた。

その時から、結月の嘘は引き返せなくなったのだ。

「あたしとお母さんしか家にいない時は、お兄ちゃんのぶんの食事も用意して、三人で食べるの。あたしが覚えてることってそんなに多くないけど、思い出せる限りお兄ちゃんのこと話しまくって、思い出せない時は作り話もぶっこんだりして、ほんと大変だった。今思うと笑っちゃうくらい」

飲みかけのカップを手に結月は小さく笑ったが、榊も湊川も笑おうとはしなかった。

傍《はた》から見たら、さぞ滑稽《こっけい》で不気味な光景だったろう。見えない母と、見えると言いはっている結月が、いるはずのない兄の話をしながら、食卓をかこんでいたのだから。

自分のしたことはきっと間違っている。けれど、それならどうすれば正しかったのか、ずっと考えているのに、今も結月にはわからない。

「でも、そんな生活長続きなんてするわけないよね。お兄ちゃんの話なんてすぐ尽きちゃって、うれしそうとか、喜んでるとか、それらしいこと言ってごまかすしかなくなって」

それでも母のほっとした顔を見れば、結月は嘘をやめられなくなった。

「せめて、あたしがお兄ちゃんの代わりになれればと思って、おんなじ大学受験したり、お兄ちゃんが好きだったバイクのこととか調べたりしたけど、やっぱりあたしじゃだめだった。結局、あの家にいるのがたまらなくなって、逃げてきたの」

家を出たいと父に相談した時、結月自身、もう限界だったのだろう。

結月の嘘を知った父は、言葉をなくしていたが、結月や母の様子がおかしいことには、うすうす気づいていたらしい。しばらく家を離れたほうがいいと言って、東京の大学に合格した結月を送り出してくれたのだった。

「実家に帰れないって言ってたのは、そういうわけか」

納得したように呟いた榊に、結月はうなずく。

「ひどいよね。信じさせるだけ信じさせて、こっちがしんどくなったら逃げだすなんて。嘘、つき通す覚悟もないのに、あんなこと言って、お母さんのこと傷つけて」

田舎の夜は本当に静かで、大きくもない家なら、自分の部屋にいても玄関の戸が開く音は耳に届く。母が「お参り」に行く時の、夜の静寂に聞こえるひそやかな音は、結月の中に残っていて、こちらに越してきてからも夜が来るたびに思い出した。

「でも、正直もうたまらなくなったの。嘘、ついてることだけじゃなくて。お母さんが、死んだお兄ちゃんのことしか見てない気がするのが、ずっとたまらなかった。お兄ちゃんのことは、あたしも好きだったから、忘れてほしいなんて言うつもりないけど。でも、さ。……だったら、生きてる人間はどうすればいいの？」

死者しか見ない人間の心に、生きている者が入りこむ余地などないのかもしれない。

「いっそのこと、わかりやすい原因があって、それをなんとかすればうまくいくとか、そんな感じだったらよかったのにって、実家にいる時はよく思ってた。こないだの陸翔《りくと》くんの時みたいに、逃げた猫を見つけたら、大事なものが戻ってくるとか」

もしそうなら、絶対につかまえて取り戻すのに。

結月が呟くと、苦しげに榊の眉が歪む。

「……信じたかったんだそうだ」

榊がぽつりと告げるのを聞いて、結月は顔をあげた。

「え？」

「高尋が診察する前、君が先に部屋に戻って二人になった時、お母さんが言ってたんだよ。結月のするソウちゃんの話があんまりやさしいから、信じたくなったって」

「なに、それ……」

榊の言葉に結月は呆然《ぼうぜん》とする。

「信じたかったって、じゃあ、はじめから気づいてたってこと？」

結月のついた嘘も、その理由も、母は気づいていたのだろうか。

そんなのはあんまりだと思う一方で、なぜかほっとした気持ちになるのは、どこかで予想していたせいかもしれない。本当のことを言い出せなくなった結月と同じように、母は結月の言葉を信じたふりをしていただけだったのだ。

「……なんだ……ばかみたい」

ばかばかしくて笑えるのに、出てきた声は震えていて、結月はとっさに片手で顔を覆ってうつむいた。母が気づいていたのなら、自分のしたことに何の意味があったのだろう。

「早く言ってくれればよかったのに。そしたら、もっと普通に、お兄ちゃんのこと話せたのに……」

たった十年一緒にいただけで亡くなった兄は、今も結月にとって遠い存在のままだ。嘘なんてつかず、ただ思い出話をするだけでいいなら、知りたいことはたくさんあるのに。

カウンターの上に置いた手をきつく握りしめ、こみあげてきた何かがこぼれそうになるのをこらえていると、その手に誰かの手が触れる。

驚いて目をあけると、榊の身につけている黒いシャツのカフスが見えた。彼の手は励ますよう結月の拳《こぶし》を覆い、力をこめてすぐに離れたが、ぬくもりは少しの間、とどまった。

「これから、いくらでも話せばいい。時間はあるんだから」

榊の言葉に、結月は顔をあげられないまま、ただ、うなずいた。

＊

翌日、長野に帰る母を送りに、結月は東京駅に向かった。

朝起きた時も、母の様子はいつもと変わりなく、小さなキッチンでパンを焼き、サラダとベーコンエッグを作って食卓に並べてくれた。

母が昨夜買ってきた花は飾られたままだったが、食卓に並んでいたのは、結月と母のぶんの食事だけだった。

兄の話はしなかった。どう口にしていいかわからなかったからだ。母にとっても同じだったのか、結月たちは何ごともなかったような顔で部屋を出て、駅へと歩いた。

「そうならいいなって、思ってたのよ」

ぽつりと母が口にしたのは、ラッシュを過ぎて、空いた電車の車内でのことだった。

「お母さんが無理言って、帰ってくるようにお願いしなければ、あんな事故にはならなかったかもしれないから。結月が言うみたいに、今もソウちゃんがそこにいて、一緒に食卓をかこんでくれてたら、どんなにいいかって……」

出入り口そばに立ち、明るい陽の光をあびた街並みが通り過ぎてゆくのを見つめながら、そう続ける。

「結月にソウちゃんが見えるなら、信じたいって思ったの」

手すりを握りしめ、口元を押さえてうつむく母から目を移し、結月は窓の外を眺めた。

ごめんと謝れば余計に傷つける気がして、銀色の扉にもたれる。

ビルの隙間を、オレンジのタワーの色がまぼろしのように行き過ぎるのが見えた。

「そっか……」

口元を覆う母の手に涙がこぼれるのに気づかなかった顔をして、結月は小さく答えた。


東京駅に着くと、お土産が買いたいという母と、結月は駅の中をぶらついた。

「ちょっと待って。新幹線で読む本、買っていきたいから」

東京ばな奈《な》にひよ子まんじゅうと、定番のお土産を買いこんだ母が、途中で書店を見つけ、結月を呼ぶ。

母の荷物を持った結月は、母が本を選ぶあいだ、自分も何となく書店を歩き回った。

ふと足をとめたのは、見覚えのある表紙が目に入ったからだ。

そこには狭いながらも児童書のコーナーが作られ、絵本や童話が並べられている。

「あら、なつかしい」

お目当ての時代小説の新刊を手にした母が、結月の眺めている本を見て声をあげた。

赤い箱に時計と亀が描かれたその本は、ミヒャエル・エンデの『モモ』愛蔵版だ。

「この本、ソウちゃんが結月にって選んでくれたのよねぇ」

赤い箱を取り上げてそう言った母に、結月は一瞬絶句する。

「……そうなの？」

ぎこちなく聞き返すと、母はうれしそうにほほえんだ。

「ええ。結月の国語の成績があんまりよくないって話したら、本をあげたらいいってソウちゃんが言ったの。結月はかわいいものが好きだけど、絵本なんかだと子供っぽいって言って読まないから、こういう装丁がきれいで、中身もしっかりした本ならきっとがんばって読むって」

その場に固まったまま動けずにいる結月に、母はなおも続ける。

「あなたに買ってあげたら、ソウちゃんの言ったとおり、すごく気に入って。毎日持ち歩いて窓のそばの椅子に座って、ちょっと大人ぶった顔して読むの。その顔がもうかわいくて！　ソウちゃんもこっそりそれ見て、狙いどおりだったって笑ってたわ」

手渡された『モモ』を受け取り、結月は呆然とそれを眺めた。

一瞬、脳裏に浮かんだ光景を、何と呼べばいいのかわからない。

窓のそばでお気に入りの本を読んでいる幼い頃の自分と、それを見守っている母と、この本を選んでくれた兄。

過去にしか存在しない風景が、なぜかあざやかに見えた気がしたのだ。

兄の記憶はもう結月の中ですり切れて、そのほとんどが色あせてしまっているのに、こんなところで子供の自分と、過去の兄と、母に会うことになるとは思わなかった。

結月の知らない兄や母が、あとどれくらい残っているのだろう。

「結月？」

不思議そうに母が結月の顔をのぞき込む。

人であふれた東京駅の書店の片隅で、結月はしばらくの間、大事な贈り物を受け取った時のように、本を手に立ちつくしていた。


「大変だったろう。面倒かけたな」

新幹線のホームに降り立ち、結月の顔を見ると、父はそう言った。

出張先の新潟にいた父は、朝の新幹線で東京に向かい、母と落ち合って一緒に長野に帰ることになったのである。

「わざわざこっちに寄らなくてもよかったのに」

そんなに面倒かけてないわよ、とむくれている母の隣で結月が答えると、父は笑う。

「まあ、ひさしぶりにおまえの顔を見たかったってのもあるし、たまにはいいだろう。それに、ゆうべの電話の声聞いたら、ちょっと心配になってな」

思わず弱音を吐きそうになった時のことだろう。気まずくなって結月は横を向く。

「大丈夫って言ったのに」

乗り換えの時間があまりないため、上越新幹線から北陸新幹線のホームへ移動しながら、父と少しだけ話をした。

「大学のほうはどうだ？　前期試験が終わった頃だろう」

「もう全部終わった。夏休みはバイトとサークルかな」

「忙しいのもわかるが、なかなか会えないんだし、もう少しまめに電話をよこしなさい」

「よく言うよ。肝心《かんじん》な時に出なかったくせに」

結月がちくりといやみを言うと、父は眉を下げてしょんぼりした顔になった。

「それは本当に悪かった。母さんのことは任せろとか言ったのにな」

「べつに……今回はタイミングが悪かったんだし」

大の大人のすることを、いちいち見張っていろというのは無理な話だ。それに、母が突然訪ねてきたせいで、これ以上、むなしい嘘をつく必要もなくなった。

「母さんな。ちかごろ『お参り』の数、週に一度に減ったんだ」

先を歩く母の背を眺め、父が言う。結月が「見える」と嘘をつきはじめた頃から、母が事故現場に花を供えに行く習慣も減っていたが、結月が東京に越した後もそのままとは思わなかった。

「毎日行ってあげなくても、ソウちゃんはそばにいるからって。結月もそう言ってたから大丈夫なんだ、ってな」

どれほど時が流れても、兄を喪った痛みは消えないのかもしれない。それでも、母がそう思えたなら、結月の嘘も少しは役に立ったのだろうか。

「……今も、ちゃんといるよって言ってあげて」

少し迷ったあとで、結月は答えた。

「あたしは見えないけど、お母さんがお兄ちゃんのこと思い出してる時は、きっとそばにいると思うから。もしまた『お参り』が増えるようなら、そう言ってあげて」

結月の言葉に父は少し目をみはり、「わかった」とうなずいた。

先にホームに上がった母は、少し遅れて着いた結月たちを見て「二人で何の相談？」などと振り返る。そののんきな顔を見て、結月は少し笑った。

ほどなくホームにすべりこんできた新幹線に両親が乗りこむと、結月は土産物の袋を父に渡して言った。

「こんど、そっちに帰るから」

そうつけ加えた結月に、父と母が驚いた顔をする。

「いいのか？」

「うん。一日くらいだったら多分平気」

結月はうなずくと、「帰る時はかならず連絡よこしなさい」と念を押す母を、座席のほうにうながした。

二人を乗せた新幹線が発車すると、名残《なごり》のようにホームを風が吹きすぎる。

その風に吹かれながら、結月はしばらく車両を見送っていた。

長野に戻った母は、また「お参り」を始めるだろうか。

結月の嘘は、かえって母を傷つけただけだろうか。

だとしても、今は長野の実家にあるあの本を、無性に眺めに戻りたかった。

結月にあの本を選んでくれたのが兄だと教えられた時のように、家に戻ればまた、結月の知らない思い出を、父や母を通して見られるかもしれないから。

それが戻らない過去でも、できるなら、もう一度あんな景色を見てみたい。

そんなことを思いながら、結月は一人、出口に向かう階段へと歩いた。

5・眠りを殺すもの

「大人の男の人がもらってうれしいものって、何だと思う?」

ぽつりと結月《ゆづき》が聞くと、友人たちが動きを止めた。

結月たちがいるのは、大学のそばのカフェだった。

昨日は、前期試験の打ち上げが結月の母親の突然の上京で取りやめになったこともあり、今日は埋め合わせもかねて、都合のついた友人二人と会うことにしたのである。

「なになに。結月、彼氏できたの!?」

フォークを片手に身を乗り出してきたのは、同じサークルの西野亜希《にしのあき》だ。

毛先に遊びのあるショートヘアに大きな目のせいか、ボーイッシュな雰囲気がある。

入学したてで知り合いもいなかった結月に最初に声をかけてきたのが亜希だった。

「いや、彼氏とかじゃなくて。ちょっとしたお礼みたいな感じなんだけど」

アイスのラテをひと口飲んで、結月は言う。

午前中、母親を送って東京駅に行ってきたのだが、迎えに来た父親と合流する前に、母が言ったのだ。

『二階のお店の榊さんによろしく言っておいてね。昨日は会社をお休みして家にいたそうなんだけど、お母さんがお店のピンポン鳴らしまくっちゃったもんだから、せっかくのお休み、潰しちゃったかもしれないのよ。あとで考えたら悪いことしちゃったわ』

そういうことはもっと早く言ってほしいと思ったが、母に文句を言っても始まらない。

考えてみれば、昨夜は母を探しに行って店に迷惑をかけているし、母を連れ戻す時も、榊《さかき》がいなければこじれていたことは明白だ。

それに、と結月はラテのグラスを置いて、自分の左手に目を向けた。

店で話したあと、泣くのをこらえていた時に触れた榊の手の感触が、一瞬よみがえる。

肩を叩いて励ますような、そんな意味あいでしたことだと、結月にもわかっていた。

それでも、息苦しさを吐き出したおかげで、気持ちの整理がついたことは確かだ。

そんなお礼とお詫《わ》びをかねて、今日は手土産でも持っていこう、と東京駅をぶらついたのだが、いざとなると何を持っていけばいいのかわからなくなったのである。

「アキの彼氏、けっこう年上だって言ってたよね。なんかよさそうなのない？」

最近つきあいはじめたという彼氏は、十歳年上だと聞いていた。亜希のバイト先の居酒屋で知り合ったとかで、最近はしょっちゅうのろけられている。

「んー。クルマ欲しいって言ってたかなぁ。あ、あと時計も」

「いや、そういうガチな感じのプレゼントじゃなくて、差し入れ的な感じでいいんだけど」

東京駅で生菓子でも見繕《みつくろ》うつもりでいたのだが、よく考えたら榊はカフェの店主だ。

喫茶店の主にほかの店の菓子を持っていくのは何となく気が引けて、結局何も買わずに帰ってきてしまったのだった。

「じゃあ、何か作って持っていったら？」

のんびりと提案したのは、まったりとカフェモカをすすっていた大崎繭香《おおさきまゆか》だった。

ふんわりとした黒髪は首のあたりで切りそろえられ、一重まぶたの古風な顔立ちや、ゆっくりした話し方は育ちのよさを感じさせる。実際、繭香は恵比寿《えびす》の豪邸に住むお嬢さまとかで、どことなく浮世離れした雰囲気があった。

「手作りのお菓子とか、お弁当なんかどう？」

「手作りは……あたしにはちょっと無理かな。料理とか得意じゃないし」

「そっか。でも、何をあげるかって、その人が結月ちゃんにとってどういう人なのかにもよるよ？」

繭香のまっとうな指摘に、結月はラテをひと口飲んで、考えた。

「どういうって、ただの知り合いだけど」

「ただの知り合いなら、何あげるかなんて悩まないっしょ」

亜希はレモンのシフォンケーキを口に運びながら言う。

「その男の人って、結月が最近よく行くカフェの人だよね。けっこう仲いいみたいだけど、つきあうの？」

「まさか。ただの常連ってだけだよ。このあいだは、お店のこと、少し手伝ったけど」

「手伝いって、接客？」

「そういうんじゃなくて、もっと雑用っぽい感じ」

店の蔵書の入れ替えを手伝った話をすると、亜希が目をまるくした。

「え。結月その人んちに行ったの？　夜に？」

「うん」

自由の女神が描かれたグラスを手に結月がうなずくと、二人は顔を見合わせた。

「それさー。ちょっと気をつけたほうがいいかもよ？　つきあう気ないんだったらなおさらさ。向こうは狙ってるかもしれないんだし」

「へんなことされなかった？」

「べつに……その人の友達も一緒だったし」

亜希と繭香に交互に聞かれ、結月はたじろぎつつ答える。

「そうやって警戒心を薄れさせるってのも手だからねー。結月は見た目とか派手なわりにそういうとこ、けっこう鈍いから、あたしは心配だよ」

亜希は腕組みをしてもっともらしい顔をする。

「大丈夫だよ。そういうことする感じの人じゃないから。向こうも大人だし、あたしのことはべつに女扱いしてないと思うよ」

なんでこんな話になったんだろう、と一瞬迷子になった気分で結月は思う。

二人きりになったことはいくらでもあるが、おかしな雰囲気になったことなんて一度もない。榊は結月のことを、常連の一人くらいにしか思っていないだろう。

結月、と榊に名前で呼ばれたのだって、思えば昨夜が初めてだ。会って間もない頃、「結月でいいよ」と榊や湊川《みなとがわ》に言った覚えがあるが、湊川はともかく、榊に名前を呼ばれたことはない。

「それは甘いよ結月。男が豹変《ひょうへん》するのは一瞬だよ。のこのこ部屋に出入りしてるうちに、なんとなく寝室に誘導されていつの間にかベッドに押し倒されてたらどーすんの!?」

「それ、亜希ちゃんの話？」

力説した亜希の隣で、藺香がのんびり尋ねる。

「っ、違うって！　あくまで一般論としてだから！」

なぜかあわてふためいている亜希をよそに、結月はふと真顔になって考えこんだ。

「そういえば、なかったかも」

呟くと、藺香は「なかったって何が？」と首をかしげる。

「ベッド。……てゆうか、寝室も」

「ああ、布団派なんだねその人」

亜希はどうでもよさそうに答えたが、結月はなんとなく釈然としなかった。

「そう、なのかな」

榊の自宅は、本の入れ替え作業の時にひと通り見て回ったが、リビングダイニングと仕事部屋、それに物置があるだけで寝室らしきものはなかったことを思い出す。

確かに、どこかに布団を敷いて寝ることもできるだろうが、それにしては布団がどこかにしまわれている様子もなかったし、あの部屋の広さや雰囲気を思うと、布団というのは何となく不自然な気がした。

「あ、そうか」

ふいに思いあたって結月は顔をあげる。

榊の部屋を訪れた時に感じた違和感。あれは、部屋のどこにも体を休めるための場所がなかったせいなのだ。仕事部屋はパソコンデスクが置かれているだけだったし、リビングのソファにしても一人掛けのもので、横になれるタイプではなかった。

部屋の書棚を埋めつくす本。昼間の仕事と、夜の喫茶店の仕事の両立。それらを聞いて、冗談まじりに「いつ寝てるの」と榊に聞いた言葉が、今になって重みを増してくる。

自分の思いついた答えが自分でも信じがたくて、結月は眉を寄せた。

けれど、そんなことがありうるのか。榊が眠らない、なんてことは。

はたして、そんな人間が存在するのだろうか？

その夜、結月は手土産をぶら下げて、二階の喫茶「どろぼう猫」にやってきた。

「こんばんは。榊さん、いる？」

開店前のまかないタイムに店を訪れた結月は、カウンターの向こうに声をかける。

ごそごそとかがみこんで何か作業している背中に、結月は手土産の袋を掲げて見せた。

「これ、気に入るかわかんないけど昨日のお礼……」

「おお！　おとぼけ豆!!」

カウンターの向こうで振り返り、差し出した紙袋を受け取ったのは、日に焼けたこわもてのおっさんだった。

「なつかしい！　よくおれの好物がわかったなぁ、お嬢ちゃん！」

「ひィッ!!」

いきなりなんだかよくわからないおっさんが登場したあげく、手土産を奪われかけ、結月は顔面蒼白《そうはく》になって飛びのいた。しかしおっさんもさる者。しっかと両手で受け取ったまま、紙袋を放そうとしない。

「ちょっ……なっ……何!?」

動揺のあまり、舌がもつれてまともな言葉が出てこない。よく見ると、おっさんが身につけているのは有頂天な感じの赤いアロハシャツだった。髪は五分刈りで、顎《あご》には髭《ひげ》も生え、夜なのにサングラスをかけている。どこから突っ込んでいいかもわからないほどの怪しさだ。それでも結月はおっさんの手をもぎ放そうと紙袋を振り回す。

「なんなんですか!?　やだやだ、放してくださいってばもう！」

まさか「どろぼう猫」なんて名前で呼ばれているせいで、店に空き巣でも入ったのかと蒼白になっていると、おっさんは紙袋をつかんだままのんきに答える。

「いや待て。落ち着きなさい。おれはな、ここの」

「何やってるんだ、一体」

あきれたような冷静な声がかかったのはその時だった。

見ると、店の入り口には榊が立っている。

「榊さん……何、その格好」

榊が着ているのはダークスーツで、いつもと違う服装のせいか別人のように見える。

「昨日休んだせいで仕事がたまってな。残業だ」

息苦しそうにネクタイをゆるめ、榊が言った。心なしか、顔色があまりよくない。

「で、なんの騒ぎだ？」

おもむろに問われて、結月ははたとおっさんに向き直る。

「いや、なんか空き巣っぽい人が……」

結月が説明しようとすると、榊はその一言で事情を察したように息をついた。

「その人は空き巣じゃない。この店のオーナーだ」

「え？」

店のオーナー、ということは、このマンションのオーナーでもあったはず。

そんな事実を思い出して結月がおそるおそる見上げると、おっさん、もとい、オーナーはサングラスを上げてにやりと笑った。

「そういうこった。よろしくな、お嬢ちゃん」

「んー！　これぞ日本の味！　煎餅《せんべい》の中に豆を入れることを思いついた奴は天才だな！」

喫茶「どろぼう猫」、正式名称喫茶「セレナーデ」のオーナー湊川茂行《しげゆき》は、結月の持ってきたおとぼけ豆を大口を開けてぽいぽいほおばると、舌鼓《したつづみ》を打った。

「その……何とお詫びすればよいやら……」

カウンター席に座った結月は、うつむいて縮こまる。

いきがかりとはいえ、マンションのオーナーを空き巣呼ばわりしたのでは、部屋を追い出されてもおかしくない。

そんなことを思っていると、茂行は豪快におとぼけ豆を噛《か》み砕きながら笑う。

「なに。気にするなお嬢ちゃん。この面構えのせいで今までもヤクザだマフィアだチンピラだとさんざん言われてきたからな」

ここのオーナーということは、榊と一緒に店を任されている湊川医師の父親ということになるが、あんまり似てないなと結月は思った。

「久々に帰ってきたってのに、税関でさんざん検査されて、こんな時間になっちまった」

茂行は、世界のコーヒー豆をめぐる旅の途中で一時帰国したらしい。

「俺か高尋《たかひろ》に連絡をくれれば、空港に迎えに行ったんですが」

結月の隣に腰を下ろした榊が、スーツ姿のまま茂行を見る。

帰宅すると二階に明かりがついているのを見て、自宅に寄らず直接店に来たらしい。

「いやなに、急に思い立ったもんだからよ。ちっと驚かせようと思ったんだが、お前さんを驚かす前にお嬢ちゃんをビビらせちまった」

すまなかったな、と軽い調子で茂行は言って、ボリボリと豆を嚙み砕いた。

榊に持ってきたおとぼけ豆は、あらかた茂行に食われてしまったが仕方がない。

そもそも手土産にこの菓子を選んだのも、いつだったか榊が「豆が入った煎餅あるだろ。あれ、何て名前だったたっけな」と話していたのを思い出したからなのだ。ひょっとしたら、榊は茂行の好物を思い出してそんなことを口にしたのかもしれない。

「しばらくはこちらにいられるんですか？」

榊の問いに、茂行は豆をかじりながら気のない返事をした。

「あー。盆休みまではいるわ。今年の命日、帰れなかったからよ」

「……そうですか」

榊は淡々と答えたが、口をひらく前に、表情が翳《かげ》ったのを結月は見逃さなかった。

「あ。じゃあ、あたし、そろそろ行くね。お邪魔しちゃ悪いし」

何か事情がありそうな気もするが、軽々しく立ち入れるような雰囲気でもなかったから、結月は深入りせずに立ちあがった。

「待て待て、お嬢ちゃん。せっかく来たんだから珈琲《コーヒー》くらいあがっておいきなさい」

しかし、帰ろうとした結月をすかさず茂行は引き止めた。なぜ時代劇口調……と結月が突っ込む間にも、茂行はいそいそとカウンターの奥で準備をする。

「飲んでいってくれ。頼む」

おまけに榊までそんなことを言ってきて結月は困惑した。頼むって何、と笑おうとしたが、その表情が真剣なうえ、何やらすがるような目だったので軽口を飲みこむ。

「ほらほら、今豆を挽《ひ》くからな。すぐできる！　すぐできるぞ！　おじちゃんの珈琲はうまいぞぅ。頼むからそこの兄さんとおじちゃんを二人きりにしないでくれ。な？」

茂行は不自然な笑顔を振りまきながら、こりこりと手動のミルで豆を挽きはじめたものだから、あんたらどれだけ仲悪いの、と結月は思わず聞きたくなった。

結論から言うと、茂行の珈琲は無残だった。

今回たまたまだったのか、いつもこの味なのかは不明だが。

「なんか、あたし珈琲ちょっと嫌いになりそう……」

口がすぼまるほど酸っぱい珈琲に顔をしかめ、結月はがばがば砂糖とミルクを投入した。

「おかしいなぁ。豆は最高なのによ。ローストが浅すぎたのかね」

玄人《くろうと》らしい顔つきで考察する茂行に、榊が告げる。

「それ以前の問題だと思いますが」

この店は、もともとは珈琲好きが高じて茂行が始めたものだが、彼の淹《い》れる珈琲はどうがんばっても金をとれるしろものにならなかったという。

茂行が店主をつとめていた頃は、専門のバリスタを雇ってなんとか店ももっていたが、事情があって一時閉店となり、その後、榊と湊川が受け継いで再出発したらしい。

珈琲の淹れ方は、前にこの店につとめていたバリスタから教わったという話だった。

「教わったのがオーナーじゃなくてよかったね……」

結月が思わず本音をもらすと、茂行は面白がるように顎を撫《な》でる。

「にしても、しばらく見ないうちになんだかかわいい客がついてるな。何、お前ら乳繰りあったりしてんの？」

煙草《たばこ》に火をつけながら、おっさん丸出しな質問をした茂行に、結月は目をむいた。

「は⁉」

「してませんよ」

榊は脱力したように息をつく。

「彼女は大事なうちの常連なんですから、あんまりからかわないでください」

「大事な常連ねぇ」

茂行が煙草をふかして笑うと、榊はけげんな顔をする。

「なんですか」

「いんや。けどまぁ、ちっと安心したぜ。実を言うと、ちょいとやな予感がしてな。おまえさんがくたばってやしねぇかと思って様子見に来たんだよ」

その言葉に榊は一瞬絶句すると、眉を寄せて答える。

「くたばりませんよ」

「それにしちゃ痩《や》せたじゃねぇか。顔色悪いぜ」

「ただの夏バテです」

「そうか？　でも、まだ見つかってねぇんだろ」

どろぼう猫、と煙を吐いて茂行は続けた。

「どろぼう猫、って」

二人の会話に割り込んでいいものかわからなかったが、疑問にかられて結月が思わずその名を口にすると、茂行はちらりとこちらを見た。

「お嬢ちゃんも名前くらいなら知ってるだろ。人間から眠りを盗んでくっていう化け猫だ。都市伝説だなんだって言われてる」

「榊さんがこの店を始めたのは、どろぼう猫をつかまえるためって……聞きましたけど」

「ああ。そこの兄さんにとっちゃ、どろぼう猫は因縁の相手みたいなもんだからな」

「え……」

結月は榊に視線を向ける。しかし、榊はかたい表情のまま、何も答えなかった。


エレベータが下りてくるのを待つ間、沈黙が落ちた。

開店準備の前に着替えてくる、と榊が言いだしたのを潮に、結月も店を出たのである。

どろぼう猫は榊にとって因縁の相手、という話はあれきり途切れ、くわしい事情はわからずじまいだった。そのあと榊もずっと黙り込んでいて、気軽に聞ける雰囲気ではない。

「あのさ。お母さん、今朝長野に帰ったの。お父さんが東京駅まで迎えに来てくれて」

気まずい沈黙を埋めるように結月は話した。「そうか」と榊がうなずくのに少し気をよくして続ける。

「それで、一回実家に帰ってみようかなと思ってる」

「いいのか？」

意外そうな問いかけは父がしたのとそっくり同じものだったから、結月は思わず笑った。

「うん。一日くらいだったら、まあいいかなって」

それを見て、榊もかすかに笑みをうかべる。

「君が無理してるんじゃなければ、それもいいかもな」

気遣うような言葉に、なぜか泣きたいような気持ちがこみあげてきて、結月は動揺した。

視線をさまよわせている間にエレベータが到着し、「乗らないのか？」とうながされる。

「ありがと。お母さんの件で、いろいろと面倒かけちゃってごめん。お母さんも榊さんによろしくって言ってた」

動揺をごまかすように早口でまくしたてると、隣に立った榊が答えた。

「俺はべつに何もしてない。ただ君が……」

途切れた言葉に、結月がけげんな顔になって見上げると、ふいに榊の体がかしいだ。

「え？　な、なに!?」

体を支えるように榊がエレベータの壁に手をつくと、気配が一気に近づき、結月は壁と榊の間に挟まれて身動きがとれなくなる。

「ちょ、嘘《うそ》！　どうしたの!?」

吐息の熱さがわかるほどの距離に結月は動転した。男が豹変するのは一瞬、なんていう亜希の言葉が、なぜか頭の中を高速で駆けめぐる。

「悪い。………発作」

しかし、かすれた声で榊が詫びるのを聞いて、結月は我に返った。

「あ、そっち!?」

ほっとしかけたが、そんな場合ではないとすぐ思い直す。

「いや、それまずいよね。どうしよう……って、重っっ!!　うわ、熱っっっ!!」

のしかかるようにもたれてきた榊の体を支えようとしたものの、あまりの重さによろけて壁に頭をぶつけ、さらには彼の額に手をあて、その熱さに仰天する。

とたん、エレベータが結月の下りる階で止まり、音もなく扉が開いた。

「え!?　あっ……す、すいません、ごゆっくり!!」

五階で待っていたマンションの住人が、結月たちを見るなりあわてふためいて声をあげ、階段のほうへと駆けていく。

「ちっ……違うから!!　待って逃げないで!!　病人なんです……っ！」

多大な誤解をまき散らしつつ、結月は扉に手を伸ばして叫んだのだった。


なんだかこのところ気の休まる暇がない気がする……。

そんなことを考えて、結月はぐったりと壁にもたれた。

「世話かけてすまなかったな。お嬢ちゃん」

店から出てきた茂行がのんきな声でねぎらう。

あのあと、崩れた榊と壁の間からなんとか這《は》い出した結月は、エレベータを二階で止めると、ダッシュで店に向かい、茂行を呼んだ。

茂行は落ち着いた様子で「やっぱりか」と言い、息子の湊川に電話をかけたのである。湊川が来るまでの間、結月は茂行と協力して榊を店に運び込んだ。横になれる場所は二人掛けのソファくらいしかなかったので、そこに榊を寝かせた。榊は結月が今まで触れたことのないような高熱を発していたが、かろうじて意識はあるようで、結月の呼びかけに「大丈夫だから騒ぐな」と言ったほどだった。

口調は思ったよりしっかりしていたが、苦しいことに変わりはないらしく、浅い呼吸を繰り返す榊を前に、結月はうろたえることしかできなかった。

それでも、茂行から冷やしたタオルを借りて榊の額と首筋にあてがい、はげますように榊の腕に手を置いたまま、湊川の到着を待っていたのである。

その間も、榊は苦しげな息を吐いていたが、時折視線をさまよわせる気配で、完全に意識を失っていないことがわかった。

湊川が駆けつけて処置を始めるのを見て、結月はどれだけほっとしたかわからない。

「発作の間は感覚が鋭くなるらしくってな。ちっとの光や物音も嫌がるんだと」

茂行にそう告げられ、邪魔にならないように店を出たところで気が抜けた結月は、今しがた壁にもたれて座り込んだところだった。

「ほんとに大丈夫なんですか、榊さん」

最初に会った時も結月の目の前で発作を起こして似たようなことになったが、今日触れた榊の体温はあの時より熱かった気がした。

このところ疲れている様子で顔色もよくなかったし、無理をしていたのかもしれない。

「ああ。高尋に任しとけば、じき熱も下がる。あの様子じゃだいぶ参ってたんだろうが、おれの前だからって我慢してやがったんだろ、あれは」

全く、といいましそうに茂行は歯噛みする。

「発作、って言ってたけど……榊さん、病気なんですか？」

初対面の時はさすがに聞きにくかったが、二度めともなるとさすがに口にせずにはいられなかった。茂行は吸おうか吸うまいか迷うように、火のついてない煙草の先でトントンと箱を叩きながら言う。

「病気っていうより、呪いに近いんじゃねぇかとおれは思ってるけどな」

「呪い？」

非現実的な響きに、結月は眉をひそめて顔をあげた。

「ああ。さしずめどろぼう猫の呪いってやつよ」

茂行はまじめくさった顔で答える。結月は髭ののびたその顔を見て少し考えたあと、口をひらいた。

「ひょっとして、それって、榊さんが眠らないことと関係ありますか？」

結月の問いに、茂行は一瞬黙り込む。サングラスを外したつぶらな目が、わずかに見ひらかれていた。

「知ってたのか、お嬢ちゃん」

「知ってたというか、気づいたというか。……なんとなく」

結月は言葉を濁《にご》す。気づいたのも、ほんの半日前のことだ。

茂行は思案げに天井を仰いでいたが、やおら煙草の箱でエレベータを指し示した。

「ま、いいか。外で話そうや。この分じゃどうせ、今夜は店も開けられねぇだろう」

ここじゃ煙草も吸えねぇしな、と言って、茂行は結月をうながしたのだった。


「あー生き返るな。やっぱこっからの眺めは最高だねぇ」

温泉にでも浸かっているような年よりじみた声をあげ、茂行はしみじみ煙を吐いた。

「……て、なんでそんなとこから?」

屋上の出入り口そばのコンクリートにしゃがみこみ、一服ふかしている茂行を見て、結月は尋ねる。

「おれは高所恐怖症なんでな。これ以上端っこに行くのは勘弁してくれ」

茂行の答えに、それでよく飛行機に乗って世界中旅行できるなと結月は思う。

マンションの屋上からは、今夜も視界いっぱいに夜景が広がっていた。

湿気が強いせいか、遠くの東京タワーもどことなくぼんやりにじんで見える。

結月が手すりのほうへ近づくと、紫煙《しえん》をくゆらせながら茂行が声をかけてきた。

「そうそう。ちょうどそのへんだな」

「何がですか?」

結月が振り返ると、茂行は煙草を挟んだ指で東南のあたりを示す。

「その手すりをちょいと越えて少ぅし外側に立つとな、こっからでも見えるはずなんだ」

「見えるって……」

何が見えるというのだろう、と首をかしげると、茂行は煙草をくわえて言う。

「この近くにある児童公園だよ。桜の木が二本植わってるあたりに道路があるだろ。そこでな、おじちゃんの娘が死んだのよ」

さらりと口にされた言葉に、結月は血の気が引く思いで絶句した。

「事故でな。……まあ、しんどいがどうにもならねぇ。小夜子《さよこ》っつってな。高尋の奴もかみさん似だが、小夜子はかみさんに瓜二つで、そりゃもう美人でかわいくってなぁ。かみさんは早くに死んじまったからよ。小夜子はおれと高尋で育てたようなもんなんだ」

そんなことを呟きながら、茂行は煙草をつっと吸う。赤い光がぽつっと光るのを結月は呆然《ぼうぜん》と見つめていた。

その時、ふと思い出したのは、二階にある喫茶店の正式名だ。

「まさか、小夜曲《セレナーデ》って」

「ああ。娘の名前からつけたんだよ。よくわかったな、お嬢ちゃん」

結月が呟くと、茂行は顔をあげてちらりと笑った。

「そんな感じで手塩にかけて育てた娘だけどよ。まだ大学も卒業できてねぇってのに結婚したいなんて言い出してな。相手の男もそんなに悪くねぇ奴だったから、泣く泣く手放すことにしたわけよ」

その相手の男ってのがあの兄さんさ、と続けるのを聞いて、結月は妙に腑《ふ》に落ちていた。

以前、榊が結婚する予定の相手がいたと口にしていたのは、そのことだったのだろう。

「けどな。結婚する前にだめんなっちまった。あの兄さんが事故の現場に駆けつけた時には、もう手遅れだった」

結月は手すりをぎゅっと握りしめる。

脳裏に浮かんだのは、榊と最初に会った日の夜の光景だった。

榊はあの時、茂行の示した場所に一人で立っていた。

風にあたりに来ただけだと榊は言ったが、おそらくあれは——

「そん時な、兄さんの足元に真っ黒い猫がすり寄ってきたんだよ」

茂行の声が結月の思考を中断させる。はっと振り返ると、茂行は隠れ煙草を吸う高校生みたいにしゃがみ込み、ここではない風景を眺める顔でぼんやり虚空を見据えていた。

「えらくきれいな青い目の猫でよ。兄さんに何度も体こすりつけて手なんか舐《な》めたりして、そばから離れねぇんだ。兄さんも猫は嫌いじゃねえが、そん時はそれどころじゃなくて、ひたすら呆然としてたな」

まるでその場に立ちあっていたかのように、茂行はまざまざと当時の光景を語る。

「その日からだ。あの兄さんが眠らなくなったのは」

茂行の言葉に、結月は思わず問い返した。

「眠らない？」

眠れない、ではなく？

そんな意味を込めた問いに、茂行はうなずいた。

「ああ。一切眠ろうとしねぇんだ。っても、はじめはそんなことになってるなんて誰も気づかなくてよ。小夜子が死んで七日くらいして、あの兄さんがぶっ倒れて、ようやくわかったんだけどな」

倒れた榊は先ほどのように高熱を発していたが、それでも意識だけはなくすことなく目覚めていた。小夜子の死から一度も彼が眠っていないことに、その時ようやく周囲の者は気づいたという。

「人間の体ってのは、眠らないようにはできてねぇんだと。いくら宵《よい》っ張りでも、体が疲れりゃ自然とまぶたが下がって寝ちまうだろ？　そうやってバランス取るようになってるから、寝不足んなることがあっても、死んだりするようなことにはならねぇんだが」

「榊さんは、違うんですか？」

くたばってやしないかと思った、という茂行の言葉を思い出し、結月は尋ねた。

茂行は考えあぐねるように、煙草を挟んだ手でがりがりと頭をかく。

「体のことは、おれにはうまく説明できねぇ。高尋の奴が、大学病院に連れてって検査やら治療やら手を尽くして、薬なんかでほんの少し眠れるまでになったらしいけどな。あの兄さんはいまだに自分の力じゃ眠れないまんまだ。そんでもって、時々呪いみてぇにああしてぶっ倒れる。高尋の話じゃ、このままいくと命にかかわるかもしれねえとよ」

そんな、と言いかけたが、喉《のど》の奥が詰まって言葉にならなかった。

「どろぼう猫の呪いっつったのは、そういうわけだ。まあ、眠れなくなっちまったのは、猫のせいってだけじゃねえんだろうけどよ」

昔のジャズシンガーのように煙草焼けしたしゃがれ声で、茂行はそう告げたのだった。

＊

診察室の正面の壁には、一枚の絵が掛かっていた。

花にかこまれた寝台に、古代ギリシア風のドレスを身につけた女が眠っている絵だ。

そばには竪琴《たてごと》を手にした詩人や、侍女たちが重なりあうようにして眠りこんでいる。

どこかで見た記憶があると、結月が絵に見入っていると、湊川高尋が言った。

「バーン＝ジョーンズの複製画です。好きなんですよ、この絵」

『いばら姫』の連作のひとつで、題名は『眠り姫』というのだそうだ。

画面全体に漂う黄昏《たそがれ》の気配や、しんとした静けさは、部屋の内装にも合っている。

「メンタルクリニックっていうから、もっと病院ぽい雰囲気なのかと思ってたけど」

マンションから歩いて十分ほどの場所に、湊川のクリニックはあった。ここへ来たのはもちろん初めてだ。物珍しくて室内を見回していると湊川はソファをすすめながら笑う。

「ここではカウンセリングが主ですからね。落ち着ける部屋のほうがいいんです」

喫茶「どろぼう猫」さながらに、座り心地のよいソファに結月が身を沈めると、受付の女性がお茶を運んでくる。やわらかな香りのするハーブティーだった。

湊川は結月の斜め向かいに腰を下ろして言う。

「今日は患者さんとしていらしたわけではないんですよね」

眠れないと結月が話すたびに「一度カウンセリングを受けてみてはどうですか」と湊川からすすめられていたのだが、なかなか踏ん切りがつかず、そのままになっていた。

今日も、受診を口実にここを訪ねようかと迷ったのだが、結局個人的に会いたいとだけ伝えて、湊川との約束を取りつけたのだ。

「榊さんの具合、どうなのかと思って」

榊が発作を起こして倒れたのは昨夜のことだ。湊川の処置で容体は落ち着いて、しばらくして自宅に戻ったとオーナーの茂行から聞いているが、まだ榊の顔は見ていない。

騒がしくしなければ見舞いに行っても構わないと聞いたものの、いざとなるとどのタイミングで訪れればいいのか、はたして自分が顔を出していいのかもわからなかった。

茂行からあんな話を聞いたあとではなおさらだ。

おかげで昨夜もほとんど眠れなかったが、だからと言って家でじっとしているのも、何も聞かなかったことにしてどこかへ出かけてしまうのも、どちらも耐えがたかった。湊川に連絡したのは、そういう理由だ。

午後早い時間だったせいか、こみいった話になるかもしれないからと、湊川はクリニックに訪ねてきてほしいと申し出たのである。

「発作のことをおっしゃっているのであれば、熱のほうはいったん下がりましたし、今はもう落ち着いていますよ」

「それはオーナーにも聞いたけど……」

切り出しかねて口をつぐんだ結月に、湊川は水を向ける。

「お聞きになりたいのは真臣《まさおみ》の体のことですか？　それとも、妹のことでしょうか」

湊川の問いに、結月は思わず絶句する。

事故のこと、結婚するはずだった小夜子のこと、事故のあとで榊に起きた変化のこと。昨夜耳にした話はどれも、結月の心をかき乱すのに充分だったが、今いちばん聞きたいのは榊の体のことだ。

「オーナーが、榊さんはどろぼう猫の呪いで全く眠らなくなった、とか言ってて。このまだと命にかかわる……みたいなこと、センセイが話してたって聞いたから」

昨日会ったばかりの茂行の話を鵜呑《うの》みにしていいのかもわからなかったし、あのおっさんが結月をからかうためにほらを吹いたとでも思うほうがはるかに気楽でもある。

けれど、榊が倒れる姿を見たあとでは、茂行の言葉を聞き流すことはできなかった。

「父の話は本当ですよ。どろぼう猫の呪いかどうかは何とも言えませんが、少なくとも、ずっと眠らずにいることで真臣の体に深刻な影響が出ているのは事実です」

結月が聞いた話を確認すると、湊川は膝《ひざ》の間で軽く両手を組んでそう答える。

「真臣から、あなたに何か聞かれることがあれば、すべて話してほしいと言われました」

「榊さんが？」

「結月さんの前で、二度も発作を起こしてますからね。さすがに不審に思われるだろうと言ってましたよ。実際、病気に関しては何も隠すつもりはないようですし」

主治医である以上、湊川には守秘義務があるが、榊のその言葉で、結月に打ち明けることにしたらしい。結月は小さく息をついて、うつむいた。

「なんかおかしいとは思ってた。昼間働いて夜も店の仕事して、寝る時間なんてほとんどなさそうだったし。あの部屋に行った時だって、もっと早く気づいてもよかったのに」

チャンスはいくらでもあったのだろう。

ベッドはおろか、ほんの少し横になってくつろぐための、二人か三人掛けのソファすらない。まるで休むことを拒んでいるかのような、あの部屋を見る前にも。

発作のことも、最初に会った時に見ただけで、普段の榊は元気そうにしていたし、それほど深刻なものとは思えなかった。睡眠時間にしたって、極端に夜型だったり、仮眠を取るだけで充分という人間もいるから、そういう体質なのかと漠然と考えていた程度だ。

「そうですね。確かに、きわめて短い時間しか眠らずに、活動的に生活している健康な人がいることは事実です。無眠、あるいは無眠者と呼ばれる人たちですが」

「ムミン？」

聞きなれない響きに、結月は眉をあげた。

「無眠者は、眠りを無くした者、と書きます。ごくまれにですが、生活する上でほとんど眠りを必要としない人たちが存在するんですよ」

その人々は、普通の人が眠っている間も仕事や趣味に時間を使い、ほとんど眠ることがない。にもかかわらず、疲れを知らず、眠気を感じることもないという。

「もちろん個人差はあります。無眠者の睡眠時間も日によってかなりばらつきがあって、全く眠らない夜もあれば、数分から一時間程度の仮眠を取る場合もあるようです」

「それって病気とは違うの？」

「まだ研究段階なので僕にもはっきりしたことは言えませんが、一般的な意味での病気とは違うように思います。原因も人によってさまざまで、生まれつきという場合もあるし、事故で脳を損傷して以来眠らなくなったという人もいる。原因は解明されていませんが、脳内の睡眠を調節する回路に変化が生じていることは間違いないようですね」

「じゃあ、榊さんは、その無眠者ってこと？」

しかし、触れた時の燃えるような榊の熱と、苦しげな顔を結月は思い出した。無眠者は眠らなくとも生活に支障をきたすことがないのなら、あんなふうに倒れるだろうか。

「いいえ。自力で短時間の睡眠が取れるのであれば、そう呼ぶこともできるのでしょうが、今の状態ではとても無眠者とは言えません。発作のせいで、致死性不眠症の可能性も考えられたくらいですし……」

言葉を濁した湊川を見て、結月は眉を寄せる。

「致死性、不眠症？」

「正確には家族性致死性不眠症というんですが、イタリアの、ある高貴な一族に見られる特殊な疾患《しっかん》です。四十代から五十代に発症し、全く眠ることができずに死に至る。症例が少ないこともあって、現在も有効な治療法は確立されていません」

家族性致死性不眠症は、プリオンと呼ばれる異常なタンパク質が蓄積することによって起こる疾患で、脳の奥にある「視床《ししょう》」と呼ばれる部分が侵されることが原因で発症する。

家族性と呼ばれるのは遺伝性の疾患だからで、睡眠中枢《ちゅうすう》が破壊されやすい家系があるためだという。

「ただ、似た症状のために可能性が疑われたというだけで、真臣の場合は、遺伝性の家族性致死性不眠症とは診断されませんでした。大学病院の検査でも、異常は見られませんでしたし。結局、原因は心因性のものと診断するほかなかったんです」

「心因性って……」

ストレスや精神的な外傷で眠れなくなることと、一体何が違うというのだろう。

「潜在意識の深いところで、眠ることを拒んでいる。そう判断するしかなかったんですよ。でもそれは、結局、何もわからなかったと言っているようなものですから」

湊川ははがゆそうに顔をしかめる。

「睡眠は人間にとってもっとも身近でありながら、謎の多い分野と言われています。なぜ生物に眠りが必要なのか、実際のところはわかっていないことが多いんです。にもかかわらず、睡眠は生物に欠かすことができない。眠りを知らないと言われるイルカでさえ、左右の大脳を交互に休めて半分ずつ眠るくらいです」

そうまでして生物が眠るのは脳を休息させる一方、睡眠中に分泌《ぶんぴつ》されるホルモン物質によって細胞を分裂・新生させたり、身体機能を維持するためだと言われている。

「真臣が眠らなくなったのは二年前の春からですが、人間がそれほど長時間眠らずにいることは、医学的に言ってありえないことです。おそらく、周期的に起こす発作の時に浅い睡眠を取ることで、かろうじて脳がバランスを保っているのだろうと思います」

発作で高熱を発するのも、長時間眠りを絶つことで起こる代謝異常なのだという。

「でも、薬のおかげで少し眠れるようになったって、オーナーが……」

結月の疑問に、湊川は苦い顔になる。

「ええ。ただ、睡眠導入剤は、使い続けるうちにどうしても効果が弱くなりますし、真臣自身、眠らなくなったことを、それほど苦にしていないせいもあって、処方されてる薬をあまり使っていないようなんです」

口を酸っぱくして言ってるんですが、と湊川は息をつき、思い出したように顔をあげた。

「そういえば、真臣の奴、よく食べるでしょう。そのくせちっとも太らない」

ふいに話題を変えられて、結月は目をしばたたかせる。

「過去に、アメリカの大学がラットを使って眠りを断つ実験をした記録があるんですが」

完全に眠りを断ったラットは食欲が増進し、エネルギーの消費が通常の二・五倍まで跳ね上がったという。

「眠りを断った時の効果は人間も動物も、大きな違いはないと言われています。完全に眠りを断ったラットには著《いちじる》しい物質代謝の上昇が見られました。真臣の場合と同じです」

「そのネズミ、そのあとは……」

「眠りを断ち続けたラットは衰弱《すいじゃく》し、食欲も減退して三週間で死んだそうです」

結月は無意識のうちに体を引き、深くソファにもたれた。喉がひどく渇いていた。テーブルの上のハーブティーはもうほとんど冷めていたが、口にしても渇きは治まらなかった。

「脅かすような話をしてすみません」

結月の様子を見た湊川は、申し訳なさそうな顔をする。

「もちろん、これはあくまで動物実験の結果で、真臣がそうなるというわけではありません。何かのきっかけで、毎日ほんのわずかずつでも自力で睡眠を得られるようになれば、健康な無眠者として生活できる可能性もある」

「じゃあ、榊さんが眠れるようになる方法もあるの？」

結月の問いに、湊川は答えることをためらうように少しの間黙った。

「それは、真臣しだいでしょうね。最近は、カウンセリングにもあまり顔を出しませんし、本人も治す気があるのかどうか。どろぼう猫を本当に見つけることができれば、何かが変わるのかもしれませんが」

湊川の口から出た単語に、結月はぎょっとする。

「じゃあ、榊さんが眠れなくなったのって、本当にどろぼう猫の呪いのせいってこと？」

確かに、最初に店を訪れた日、どろぼう猫を探せば、眠りを取り戻せるかもしれないと榊が言っていたのを思い出す。

「いえ。真臣があの猫を見つけようとしてるのは、眠りを取り戻すためというより、決着をつけるため、だと思いますよ」

ソファの肘《ひじ》かけに手を置いて、湊川は目を伏せる。

「決着？」

「ええ。真臣にとっても、僕にとっても、あの猫は小夜子の仇《かたき》みたいなものですから」

仇、という不穏な響きに結月がこわばると、湊川はわずかにほほえむ。

疲れたようにも見える、はかない笑みだった。

「僕がお話しできるのは、ここまでです。あとは真臣が話すでしょう」

結月が知りたいと望むなら、という言外の意味を感じ取って、結月はうつむく。

こんな話を聞かされてなお榊と関わるのか、試されている気がした。

*

九階の部屋のチャイムを押して待つ間、とてつもなく長い時間に感じられた。

ほどなくしてドアが開き、榊が顔をのぞかせる。その顔は、少しやつれてはいたものの、いつもと大きな違いはなく、結月はなんとなくほっとした。

「下の店、しばらくオーナーが預かるって聞いたから。お見舞いっていうか、差し入れ」

結月は言って、紙袋を掲げる。中身はしつこくおとぼけ豆だ。本当かどうかは知らないが「あの煎餅な、兄さんも好物だぞ」と茂行が言っていたからである。

「悪いな、わざわざ」

榊は素直に受け取り、礼を言う。

結局、結月が榊の顔を見に来たのは、彼が倒れた翌々日、土曜の夜のことだった。湊川から聞いた榊の事情は、安易に立ち入るには重すぎた。けれど、結月がそれでも榊に会いに来たのは、このまま関わることをやめれば、必ず後悔すると思ったからだ。

「具合、どう?」

「今はもう何ともないんだが、念のため休養しろってオーナーがうるさくてな」

おかげで暇でしょうがない、と榊はぼやく。少し迷ってから結月は聞いた。

「今一人?　上がっていい?」

二階の店ならともかく、「ただの知り合い」の男の自宅に上がりこむのは、亜希に言わせればアウトだろうか、とちらりと思ったものの、今は深く考えないことにする。

榊はわずかに目をみはったが、静かにうなずいた。

「ああ。店じゃないから、大したものは出せないけどな」

榊の部屋のリビングは相変わらずだった。壁を埋めつくす書棚も、一人掛けのソファも、消されたテレビも以前来た時のままだ。相変わらず、そっけないほど生活感がない。

「ほんとに大したものじゃないね」

ダイニングとの境に置かれたカウンターの椅子にちんまりと腰を下ろし、結月は言った。榊に差し出されたのはペットボトルの水だったからだ。

「インスタントコーヒーでよければ淹れるけど」

「……いい。水で」

結月は断ると、五百ミリのペットボトルを開封した。

「オーナーと、あとセンセイからいろいろ聞いた。小夜子さんのこととか、体のこと」

結月が告げると、榊はカウンターにもたれるように立って「そうか」と答える。

「べつに隠すつもりもなかったんだが、どこから説明したものかわからなくてな」

「そんなのはいいよ。簡単に人に話せることでもないだろうし」

会って間もない人間に打ち明ける種類の問題ではないことは結月にもわかる。むしろ。

「どうしてあたしに話していいってセンセイに言ったの？　ごまかそうと思えば、いくらでもごまかせたのに」

目の前で倒れたのが二度めでも、それらしい理由をつけて説明されたら信じたはずだ。

「どうしてだろうな」

榊は自問するように呟くと、少し考えたあとで口をひらいた。

「君の話を聞いたから、かな」

「あたしの……?」

「君のお母さんの話を聞いて、他人ごとに思えなかった。たぶん、そのせいだろう」

他人ごとに思えなかったのは、母のように、榊もこの世にいない人を忘れられずにいるからだろうか。そう考えたとたん、ずしりと胃のあたりが重くなる気がした。

「どろぼう猫は仇だって、センセイが言ってたんだけど……」

結月は顔をあげて尋ねる。

「榊さんが探してるのって、本当に、その猫のせいで眠れなくなったから?」

榊の表情は変わらなかった。前髪でわずかに隠れた瞳が揺れ、口をひらく。

「小夜子が、この近くの公園のそばで事故に遭ったって話は聞いただろう」

榊の口にする「小夜子」という響きになぜか息苦しさを感じながら、結月はうなずく。

「あいつが事故に遭ったのは、車の前に飛び出した黒猫を助けようとしたからなんだ」

「……え」

「たまたまその場にいた人間が目撃したらしい。俺はその瞬間を見たわけじゃないから、くわしい状況はわからないが、もしそれが本当なら、つかまえて落とし前をつける。そのために俺はあの猫を探してるんだよ」

落とし前をつけるとはどういうことなのか。少なくとも、都市伝説に出てくるどろぼう猫をつかまえて、眠りを取り戻すような単純な話ではないだろう。

結月が言葉をなくしていると、榊は小さく息をついた。

「もちろん、こんなのはただの逆恨みだ。猫を見つけたからって小夜子が帰ってくるわけじゃない。何の意味もないことはわかってるんだが、何もせずにはいられなくてな」

後ろ手にカウンターに手をつき、榊は目を伏せる。

「それに、ひょっとしたら、あれは……」

その表情が翳るのを見て、結月は言葉の続きを待ったが、榊は頭をひとつ振って、気を取り直すように言った。

「いや、なんでもない。で、ここに来たのは、その話をするためか？」

「それもあるけど」

答えようとして、結月は一瞬ためらった。

これ以上、榊の問題に踏み込んでしまっていいのか、湊川から話を聞いた時も考えた。

実際、榊にとって、結月の今の立場はとてもあいまいだ。ただの常連客と言いきるには親しすぎるし、友人と名乗るには他人すぎる。この部屋を訪ねれば、ますますただの客とは言えなくなってしまいそうだったが、結月の心は決まっていた。

さてどう言ったものかと迷ったあと、結局、どう言ったところで誤解されそうだと思い直し、開き直って口にする。

「一緒に、いようかなと思って」

「は?」

結月の言葉に、榊はあっけにとられた。その反応に若干むかつきつつ、結月は続ける。

「だから、一緒にいようと思っただけ! 榊さんだって前に言ってたでしょう? あのお店には寝ずの仲間がたくさんいる、眠れない時間を楽しめばいいって。あたしは、榊さんと違って眠れるけど、ほかの人より長く一緒にいられるから」

きっかけは、おそらく母が兄の事故現場に「お参り」を始めた頃からだろう。

結月はもうずっと、長い夜を寝つけないまま過ごしてきた。

「あたし、日付が変わって二時とか三時になってもぜんぜん眠くならないし、布団に入っても、やっと眠くなるのは明け方の四時とか五時くらい。それでも長くて三、四時間とか、短いと二、三時間でいっつも目が覚めちゃうの」

「それで体調が悪くなったりしないのか?」

「うん。翌日、変な時間に眠くなったりもしないし、疲れがたまったりしたこともないよ。ひょっとしてどこかおかしいのかなって思ったこともあるけど、ずっと元気だし、病院に行ったりする気にもなれなくて」

病院に行けば、眠れなくなった理由を話さなければならなくなる。母のことも、毎夜の

「お参り」も、なかなか人に話せることではなかったし、高校に入って母にあの嘘をつくようになってからはなおさらだった。

　湊川の話に出てきた無眠者というほどではないにしろ、自分はおそらく、長い眠りを必要としない体質なのだろうと結月は思う。

「眠れないこと自体はもうあきらめたけど、それでも時々、やっぱり一人でいるとしんどいなって思うことがあるから」

　二階のあの店を最初に訪れた時、眠れない時はいつでも来ればいい、と榊に言われて、どれほどほっとしたかわからない。あの言葉で、自分は確かに救われたのだ。

「どんなに仲いい人でも、毎晩夜どおし起きて一緒にいてもらうなんて不可能だろうけど、あたしなら榊さんの夜ふかし仲間になれるかなって思って」

　榊は驚いたようにしばらく絶句していた。その顔を見た結月は、自分の口にした言葉がまるで告白みたいだなと気づいてとてつもなく気まずくなる。

　どう言いわけしようかとめまぐるしく考えていると、榊はふいに笑みをうかべた。

「なるほど。そいつはありがたいな。……なら、さっそくつきあってもらおうか」

「いやあの！　つきあうって言っても、あんまりヘンなことはできないんだけど！」

　やっぱり何やら誤解されたかもと結月があわてると、ひょい、と目の前にゲームのコントローラーが差し出される。

「何これ」

結月がまたたくと、榊は自分のコントローラーを手にしてうながした。

「そろそろ飽きがきてたところなんだ。対戦者がいたほうが気がまぎれる」

ボコボコにしてやるよ、と大人げないことを言われ、結月は反射的にコントローラーをひったくる。

「油断してると痛い目見るからね。こないだは全敗したけど、あたし飲みこみ早いし」

「なら、目にもの見せてみろ」

挑発されて、結月は憤慨《ふんがい》しつつ、リビングの床に座りこんだ。

しかめっ面でテレビのスタート画面を睨《にら》んでいると、隣で榊がおかしそうに笑う。

長い夜は、まだ始まったばかりだった。

6・夜ふかし散歩とどろぼう猫

「うわ。ひどいな、これは」

榊《さかき》が打ったうどんをひと口すすった湊川《みなとがわ》は、とたんに顔を引きつらせた。

「ね？　ほら、センセイもそう思うでしょ」

身を乗り出すようにして湊川が食べるのを見守っていた結月《ゆづき》は、意を強くする。

「小学生の時に食べた消しゴムそっくりの味がします」

すぐに飲みこめない様子で、もぐもぐとしきりに口を動かすと、悲しげに湊川は呟く。

「消しゴム……食べたんだ」

むしろそっちに結月が驚くと、「香りがついてておいしそうだったんですよ」と湊川ははずかしそうに言った。

「で、結局どっちがうまいんだ？」

仁王立ちしていた榊が腕組みして問うと、湊川は箸《はし》を置いてすかさず答える。

「そりゃ、結月さんの打ったほうだろう。コシはちょっと弱いけど、こっちのほうがはるかにましだよ」

どんぶりによそわれた二杯のかけうどんのうち、湊川は結月の出したほうを指さした。

大学が夏休みに入って間もない、八月はじめの週末。

マンション九階の榊の自宅では、時ならぬ手打ちうどん大会がくりひろげられていた。

始まりは、今夜結月が訪ねた際、榊がまじめな顔でうどんを打っていたことによる。

「素人《しろうと》にうどんなんか打てるの？　ものすごく難しいんじゃない？」

と結月が聞くと、榊はうどんだねを豪快にこねながら言ったものである。

「大学の時の友達に、きしめん屋の息子がいてな。そいつからコツを教わったことがある」

顔つきだけは職人ぽかったが、手つきはいささかあやしかった。

「ちょっとコツ聞いたくらいでできるようになるかな」

そこで結月がそう言って首をかしげると、ならば素人二人がそれぞれうどんを打って、食べくらべてみようという話になったのだ。

近頃結月は、二階の喫茶「どろぼう猫」だけでなく、店が休業している土日にも、たびたび榊の自宅に訪れるようになっていた。

榊が眠りを失った人間だと知ってから起きた変化だが、榊との関係自体はそれほど以前と変わりない。

眠れない時間が長すぎて退屈が度を越しているせいなのか、あるいは深夜という時間帯がそうさせるのか、結月が自宅を訪れると、榊はよくわからない作業に没頭していることが多かった。

手打ちうどんもそのひとつだが、真剣な顔で換気扇を掃除をしていることもあったし、ゴルフのパット練習をしていることもあったし、散歩に出ようとしていたこともある。

よくわからない作業中に訪れると、たいてい結月が巻き込まれるのが常で、結果として隣でうどんを打つことになったり、フォームを横から確認してやることになったり、散歩がてら一緒に夜食を食べに行ったりすることになる。

　深夜に男女二人で過ごしていても、おかしな雰囲気になるどころか、毎回あさってな方向に突っ走ったあげく時間を忘れることになるのは、榊が気を遣ってくれているからか、結月が女扱いされてないせいか。

　おそらく後者だろうと結月は思った。

「なんであたし、うどんなんて打っちゃったんだろ……」

湊川の判定のあとで、自分の打ったうどんをすすりながら、結月はしみじみ息をついた。最高のうどんを作ってみせる！　とかなんとか言いながら、夢中でうどんをこねていた気がするが、我に返ってみると、そんなにうどんが食べたかったわけではない。

　夜中のテンションほど危険なものってないな、と遠い目をしている結月の横では、榊が「消しゴム」と評された手製のうどんを食していた。

「やっぱりこのくらいコシがあったほうが、歯ごたえがあっていいと思うんだが」

などと、試食の時から彼は持論をゆずらない。

うどんを作っている途中で「改良すれば下の店で出せるかもな」なんてことまで言っていたので、「うどんが出てくるカフェって斬新だね！」と明るく返したのだが、完成品を食べた今は考え直したほうがいいとしか言えなかった。

「で、用ってのは何だったんだ？」

箸で極太麺《めん》をつまんだまま、榊作のうどんを持て余していた湊川は、水を向けられるとほっとした顔でどんぶりを脇によけた。

「そうそう。ここ数カ月の噂《うわさ》の分布図ができたんでね、持ってきたんだよ」

湊川はカウンターの上にモバイルパソコンを置くと、分布図を画面に表示させる。

「噂って、どろぼう猫の？」

分布図に見入っている榊ではなく、隣に座った湊川に聞くと、彼はうなずいた。

「知人にその手の分析が得意な人間がいるので、ネット上から抽出したどろぼう猫の目撃証言を、信憑《しんぴょう》性のありそうなものを中心に集計して、マッピングしてもらったんですよ」

簡単に言えば、全国にどの程度どろぼう猫の噂が広がっているか、現在、どのあたりで多く噂が囁《ささや》かれているか、といったことが地図上に示してある。

どろぼう猫探しは、湊川も手伝っているが、はじめは二人とも、ここまで本気でやるつもりはなかったらしい。それがやたらと本格的になったのは、どちらも凝り性で、榊に時間があり余っていたせいのようだ。

「これを見ると、一時期、関西方面に広がってた噂が、また関東に戻ってるみたいだな」

榊は日本地図の上に赤い点で示された分布図を見て言った。

「そうなんだ。最初に噂が確認されたのが三年くらい前の東京。それから一年くらいして徐々に噂が近県に広がってる。噂の広がりや証言の数を見ると、主に中部から西日本に移動していったのがわかるんだけど、最近都内でまたどろぼう猫の噂がぶり返してるみたいでね」

人の口を伝わる噂が一時的に下火になり、また復活するというのはよくある話だ。目撃証言が必ずしも本物のどろぼう猫に関するものとは限らないし、全国に広がった噂のすべてが、同じ猫をさしているとは考えにくいと湊川は言う。

「真臣が会った猫と、今回噂されてる猫が同じどろぼう猫なのかどうかはわからないよ。これぱっかりは実際につかまえて確かめるよりほかにないからね。ただ、都内で目撃証言が増えてるってことは、青い目の黒猫が実際に現れた可能性が高いんじゃないかな」

ネット上の証言だけじゃ根拠には乏しいけどね、と湊川は慎重につけ加えた。

「前に店に来た陸翔《りくと》くんのおかあさんも、青い目の黒猫を見たって言ってたよね。だったら、全くのデマとも限らないと思うけど」

名古屋《なごや》に引っ越すことが決まったと、先日店を訪れて話してくれた母子を思い出し、結月は顔をあげる。

「そうだな。だが、闇雲に探しまわったところで無駄足になるだけだ」

どろぼう猫の手がかりを求めて榊はこの一年、噂を聞きつけるたびにそこへ出向いたり、店のサイトにコメントを寄せた人物に、話を聞きに行ったりしてきたという。

店が土日休業なのは、そうした用件で出かけることが多いせいだというのだ。けれど、そうまでしてどろぼう猫を探しても、満足のいく成果は上がらなかった。

「でも、探しまわる以外に猫をつかまえる方法なんてある？」

聞けば聞くほど何やら雲をつかむような話で、結月は途方に暮れた。

「エサでも置いておびき寄せられるならともかく、普通の猫とは違うかもしれないんだし」

榊はカウンターに肘《ひじ》をつき考えこんでいたが、結月の言葉を聞いて、ふと呟く。

「いい線いってるかもしれないな」

「何が？」

「エサってやつだよ。小夜子《さよこ》は生前、事故に遭った公園のそばで、よく黒い猫と遊んでたらしいんだ」

小夜子、という名前を聞いたとたん、どくりと結月の心臓が跳ねた。

「近所の爺《じい》さんが見かけたことがあるって教えてくれたんだけどな。遠目にもわかるくらいあざやかな青い目の猫で、珍しかったんで覚えてたらしい。しばらくして姿を見なくなったって言ってたが」

榊はパソコンの画面を見つめたまま話す。

「つまり、どういうこと？」

結月がその横顔に尋ねると、榊はようやくこちらを向いた。

「俺の時は、何もしてないのに猫のほうから近寄ってきたんだ。噂のほとんどは、目が合ったとたんに逃げられたって話ばかりなのに。小夜子の場合がどうだったかはわからないが、ひょっとしたら、どろぼう猫が好む人間てやつがいるんじゃないのか」

「どろぼう猫が好む人間、て」

無害でかわいい猫ならともかく、そんな猫に好かれるなんて御免こうむりたいと結月が思っていると、湊川が言った。

「どろぼう猫は、大切な何かを失った人間の前に現れる――」

その言葉を聞いて、結月はぴくりと体を動かした。

「そのあたりに手がかりがあるかもしれないってことだろ?」

「ああ」

榊は表情を変えず、うなずいたのだった。

＊

「小夜子の絵、ですか」

榊は手を止めて聞き返した。カウンター内に置いた丸椅子に腰かけ、煙草《たばこ》をくゆらせていた茂行《しげゆき》は「おう」と答える。

八月に入って熱帯夜が続くせいか、寝つけない人が多いらしく、喫茶「どろぼう猫」はなかなかの客の入りだった。

冬場と違って気温が高いぶん外を出歩くのに抵抗がないのか、午前二時を回った今も、席は半分以上埋まっている。

サンダル履きでふらりと立ち寄った男性客が雑誌を眺めていたり、終電を逃したらしき女性客がタブレット型パソコンでアイドルグループの動画を食いいるように見ていたりする一方、常連の老婦人がレースを編んでいたり、いつもの中年紳士が奥の席でぶ厚いミステリーを読んでいるのも相変わらずだ。

世界のコーヒー豆めぐりから一時帰国した茂行は、榊が発作を起こしたあと、一週間ほど代わりに店を預かった。しかし、あの壊滅的な珈琲《コーヒー》のまずさでは店が潰れてもおかしくないため、以前この店で働いていたバリスタに臨時の手伝いを頼み、なんとか凌《しの》いでいた。

口髭《ひげ》の似合う初老のバリスタが淹《い》れる珈琲は確かにすばらしかったが、やはり榊の珈琲に慣れているせいか、彼がカウンターの向こうに立っているのを見るとほっとする。

そんなわけで、今では定位置になったカウンター席で結月が珈琲を飲んでいると、茂行がふらりと店に現れ「ヒナタが来たぜ」と前置きもなく話しはじめたのである。

「確か留学中でしたね」

「ああ。こっちのデザイン事務所に就職が決まって、帰ってきたとこなんだと。で、昼間おれんとこに来てな、小夜子の絵があったら見せてほしいっつぅんだよ」

　小夜子は生前、美大に通っており、ヒナタというのは小夜子と仲のよかった先輩だという。彼女が亡くなる少し前に留学が決まり、最近までフランスに行っていたらしい。

「おれが預かってる分は見せてやったんだが、これじゃないとかぬかしやがるんだ。なんか、留学する直前に、小夜子にデッサン見せてもらったとかでよ。お前さんのとこにも何枚かあるって言ったら、見たいっつってたから、そのうち連絡あるかもしんねぇ」

「そうですか……」

　榊はうなずいたが、その顔はどことなく不審げに見えた。茂行も釈然としない顔で顎《あご》を撫《な》でる。

「ヒナタが留学する直前っつったら、事故の前だろ。小夜子が描けなくなってた時期だ。絵なんか残ってるはずねぇって言ったんだけど、確かに見たって聞かねぇのよ」

「わかりました。確認してみます」

　二人とも隠すつもりもないのか、カウンターに座っている結月にも、話の内容はすっかり聞こえていたが、会話にくわわるようなことはせず、ぼんやり珈琲をすすっていた。

　小夜子という名前を聞くと、結月はどうにも居たたまれない気持ちになる。

　榊の部屋でどろぼう猫の話をした夜、榊の口から小夜子の名前が出てきた時も、なぜか重苦しいような落ち着かない気分になった。

気にならないと言えば嘘《うそ》になるが、小夜子がどんな人だったのか、榊にも茂行にも結月から尋ねたことは一度もない。

不用意に立ち入れば傷を抉《えぐ》ることになる気がして、口にできないというのもある。

けれど同時に、心のどこかで知りたくないと思っている自分がいることも確かだった。

どろぼう猫のきっかけがなかったとしても、小夜子の死が榊に歪みをもたらしたことは疑いない。兄を亡くして均衡を失いかけた、結月の母のように。

榊がそれほど深く心を許した相手だから、小夜子のことを知りたくないと思うのか。

結月自身にも、それはよくわからなかった。

*

その日、結月はいつもよりだいぶ早い時間に家を出た。

バイト先は、住宅街を抜け、街道沿いに出たところにある宅配便の営業所だ。

普段は近道するのだが、今日はわざと遠回りになる道を選んだ。

照りつける日差しにアスファルトが炙《あぶ》られて、熱気が全方位から押し寄せる。

東京で過ごす夏は初めてだが、命の危険があるほどの暑さというのを、結月はこちらに来て初めて知った。

長野も真夏になると猛暑と言いたくなるような日はあるが、朝晩は過ごしやすいし湿気もさほどきつくない。東京にくらべればはるかにましだったと改めて思う。

じりじりいう音が肌が焼ける音なのか、降るようなアブラゼミの声なのかもわからない。今が盛りと鳴き続ける蟬《せみ》の声は、児童公園が近づくと耳鳴りのように大きくなった。

植え込みの外に枝を張り出すようにして、公園の隅に立っているのは二本の桜の木だ。植え込みが短く刈り込まれ、公園の中がすっきり見渡せるようになっているのは、子供の安全対策のためだろう。それでも、桜の木は例外だと言わんばかりにどっしりとそびえている。

公園には入らず、塀の外側の歩道に立ち止まると、結月は手をかざして桜を見上げた。まぶしい日差しに顔をしかめ、ぐるりと首をめぐらせれば、北西側のビルの隙間から、結月が住む煉瓦《れんが》色のマンションがちらりと見える。

ここが茂行の言っていた小夜子の事故現場に違いない。

マンションのすぐ近くだと知っていても、なかなかこの場所に足が向くことはなかった。

結月にとっては一面識もなく、二年以上も前に亡くなった人だ。

しかし、無関係だと言いきるには、今の結月は少しばかり、榊の事情に踏み込みすぎてしまっている。

どんな人だったんだろう……。

絵を描いていたと言っていた。

榊の部屋の物置で目にした、何枚かの絵を結月は思い出す。

あれは榊ではなく、小夜子の描いたものだったのだろうか。

そんなことをしばらく考えて炎天下に立っていると、うっかり熱中症で倒れそうだったから、結月は軽く首を振り、歩道から道路脇に視線を移した。

車一台通るのがやっとという道ではなく、児童公園のそばを走るのは、片側一車線の一般道だった。昼間のせいか、車はあまり通らないようだが、街道への抜け道になっているのか、時折思い出したように営業車のバンやトラックが速度をあげて行き過ぎてゆく。

道路脇には何もなかった。目印になるものも、結月の母が欠かさなかったような献花も。

けれど、何も置かれていないからといって、何も起こらなかったわけではない。

花がないからといって、誰も悲しんでいないわけではないのだ。

午後の道沿いには歩いている人影はなかった。車も今は途切れている。

結月は少しためらったあと、二本の桜の木の間に立ち、道路に向かって手を合わせた。

目を閉じかけると、ちら、と何かが足元をよぎった気がした。

それが猫だったように思えて、結月ははっとまぶたを開ける。

「あ……っ！」

思わず声がもれた。日差しに白く焼けたアスファルトの上を、さっと猫の黒い影が渡り、公園に飛び込んだのが見えた。

「嘘。ちょっと……！」

呼びかけたところで猫が振り向くはずもない。

結月はあたふたと猫のあとを追って公園に駆けだした。

狭い児童公園には、ブランコと鉄棒とほんの少しの遊具があるだけで、遊んでいる子供一人いなかった。それはそうだ。こんなに暑い時間帯に子供がいるわけがない。

猫の姿を探して視線をめぐらせると、ブランコのそばの植え込みに猫がうずくまっているのを見つけた。

どきどきする心臓の音をなだめつつ、足音を殺してそっと近づく。

植え込みの陰になっているせいか、猫の目の色はわからなかった。

おどかさないよう、植え込みのそばまでそろそろと歩み寄ったところで、うずくまっていた猫はさっと逃げ去ってしまう。

遠ざかる猫の毛並みを確かめた瞬間、結月はその場に力尽きそうになった。

「なんだ、トラ猫じゃん……！」

黒かと思ったが、よく見たら黒に近いこげ茶のトラだった。

このクソ暑いさなかに一体自分は何をやってるのかと思ったとたん、汗と疲労が噴き出してくる。

バイトに行く前にこんなに消耗《しょうもう》してどうするんだろう。

結月が肩を落としていると、ふいに、くすくすという笑い声が聞こえた。

振り返ると、いつの間にか公園には、日傘をさした人影が立っている。

今の醜態《しゅうたい》を一部始終見られていたのかと思ったら、余計に顔が熱くなった。

「ごめんなさいね、笑ったりして」

レースの日傘を傾け、その人は言った。白髪にふんわりとパーマを当てた、上品な老婦人が、やさしげな笑顔を向けて結月を見ていた。

＊

その日の夜、バイトから帰った結月は、榊の自宅に直行した。

時刻は九時を回ったところだが、この時間ならまだ自宅にいるはずだ。

チャイムを押して待っていると、インターフォンから榊の声が答えた。

『はい』

いつもなら、すぐドアを開けてくれるはずなのに、と首をかしげながらも結月は言う。

「あたし。結月だけど、ちょっと話したいことあって」

すると、少し沈黙して榊が答えた。

『悪いな。今、来客中なんだ』

「あ、そっか。ごめん。また改める」

早く報告したくて気が急いていたせいか、来る前に連絡を入れることさえ忘れていた。

素直に引き返そうとしたとたん、ふいにドアが内側から開く。

「帰ることないわよ。どうせ私ももうすぐ引き上げるところだから」

そう言って顔をのぞかせたのは、二十代半ばくらいの、色気の漂う美人だった。

身につけているのはラフな白いシャツにジーンズというシンプルさだが、背が高くスタイルがいいせいか驚くほど見映えがする。ゆるくウェーブした髪は長く、日本人離れした華やかな顔立ちもあって、モデルのように見えた。

「せっかく来たんだから上がっていきなさいよ。ま、私の家じゃないけど」

少し低めのかすれた声で女性は言うと、無造作に髪をかき上げ、結月を迎え入れた。

「いえ。大した用事じゃないのでべつにあとでも……」

あふれんばかりに漂う色気に軽い敗北感を覚えつつ、結月は後ずさったが、「何遠慮してんの」とぐいと腕を引かれ、玄関に引っぱりこまれてしまう。

結月は内心冷や汗をかきながら、仕方なく靴を脱いだ。

修羅場《しゅらば》、の三文字が、なぜか頭の中で電飾のように明滅していたが、よく考えたらべつにやましいところはないんだった、と思い直す。

「連れてきたわよ、彼女さん。追い返すことないのに」

リビングに入って女性が告げると、榊が軽く息をついて結月を見る。

「ただの友人だ。妙な気を回すな」

「友人ね。まあいいわ。私は麻生《あそう》ヒナタよ。よろしく」

手を差し出され、結月は自分も名乗ってからその手を握る。大きくてしっかりした手だな、と思ったあとで、ヒナタという名前にふと顔をあげた。

「ひょっとして……小夜子さんの？」

この間、茂行が話していた小夜子の先輩の名前が、確かそんな響きだった気がする。

「なんだ。小夜子のこと知ってるなら話は早いわ。そ、小夜子のね、絵を見に来たの」

「うちにあるスケッチブックはこれが最後だ」

榊はそう言って、ヒナタにスケッチブックを差し出した。

受け取ってぱらぱらと眺めたヒナタは、すぐに眉を寄せてそれを閉じる。

「違うわ！　まだどこかに残ってない？　ほんとにこれが最後？」

「そう言ってるだろう。さっきから何回物置の中ひっかき回したと思ってる」

榊は苛立《いらだ》ったように答えると、ヒナタからスケッチブックを取り戻した。

「だってすっごくいい絵だったんだもの。やさしくてあったかくて、完成したら見せるって私にも言ったのよ。おじさんのとこにも、先生のとこにも、あんたんとこにもないなら、一体どこにあるって言うのよ？」

「知るか。もうあきらめて帰ったらどうだ」

榊がぞんざいにはねつけると、ヒナタは全く気にした様子もなく肩をすくめた。

「仕方ないわね。なら、珈琲でも飲んで帰るわ」

「そうしてくれ」

ほっとしたように榊がうなずくと、ヒナタはすたすたとダイニングのカウンターに歩み寄り、椅子にすっと腰かける。そんな何気ない動作さえ絵になる人だった。

「はい。じゃあ、よろしく。サカキさんがカフェの店主だなんてね。おいしいの頼むわ」

「うちで飲むのかよ……」

げんなりしたように榊が肩を落とす。

小夜子の先輩という人は、なかなか強烈な人のようだった。


「インスタントしかないって言ったくせに……」

カウンターに置かれた珈琲をひと目見て、結月はぽつりと言った。

結月とヒナタに出されたのは、喫茶「どろぼう猫」で出すのと遜色《そんしょく》ないドリップ珈琲だったからである。

「どっかの誰かが最近よく出入りするから、ミルとドリッパーだけそろえたんだよ」

さらりとそんなことを言われて、結月は思わず文句を飲みこんだ。

カウンターに頬杖《ほおづえ》をついてそれを聞いていたヒナタがくすくすと笑う。

「へぇ？　彼女じゃないとか言ってるくせに、ちょくちょく家には入れてるんだ。どんなお友達なんだか」

「妙な勘繰りはやめろ」

榊は顔をしかめたが、ヒナタは気にせず自分の珈琲を口にして「あら、悪くないわね」などと目をみはっている。

「でも、サカキさんて本気になったら手が早いじゃない。小夜子があなたとつきあいはじめたのだって、あっという間だったもの。おかげでこっちは失恋よ」

寂しげに目を伏せ、ため息をついたヒナタを見て、結月ははっとした。

失恋、という言葉に、ちらちらと結月が二人を見くらべると、榊ははてしなく迷惑そうな顔をする。

「言っとくが、こいつが惚《ほ》れてたのは俺じゃないからな」

「え……でも」

「私が好きだったのは小夜子のほう。ま、片思いだったけどね」

思い出を語るように、ヒナタはせつなげに笑うと、おもむろにポケットからスマホを取り出して操作し、結月に見せる。

「これ、大学の学祭の時に小夜子と一緒に撮った写真よ」

小夜子の写真、と聞いて、結月は反射的に目が釘付けになった。

画面には、ストレートの黒髪の女性が映っている。アイボリーのワンピースを着ているせいか、ことのほか肌の色が白く見えた。目を細めて笑った顔は楽しそうだったけれど、どことなく線が細い印象もある。

一方、隣に映っている人物にも目をやった結月は、軽い混乱におちいった。

「一緒にって……え？　おと？」

短髪にTシャツ姿で白い歯を見せ、さわやかに笑っているのはどう見てもヒナタによく似た男だったからだ。

「私の本名、麻生陽太《ひなた》って書くの。留学先で、本当の自分に目覚めたってわけ」

恥じらうようにスマホを胸元にあてて、ヒナタ……もとい、陽太は言った。

「俺もこっちの姿で会うのは今日が初めてでな。まだ慣れないいんだ」

榊が疲れた顔をしている理由がようやくわかった結月である。

女性にしてはハスキーな声や大きい手はこのせいかと思ったが、逆に言えば、その程度の違和感しか感じさせなかったのだからすごい。

「こうして女性の格好をしていると、男の姿をしてた時の不安が消えていって、これこそが自分のあるべき本当の姿だって思うの。でもだからって、男の人が好きとか、そういうわけじゃないのよ。おかしいと思う？」

「いえ……」

衝撃はなかなか去らなかったが、結月は言葉少なに首を振った。

心のあり方も、生き方も、人それぞれだと思うだけだ。

「ヒナタさんがしあわせでいられるなら、それでいいんじゃないでしょうか」

丁寧に結月が答えると、陽太はうれしそうに「ありがと」と言って笑う。

「でもね。私は自分の答えを見つけたけど、小夜子はどうだったかって、最近思うのよ。あの子、思いつめやすい性格で、ずいぶん苦しんでたから」

当時、小夜子は自分の描く絵の限界に悩み、精神的に不安定になっていたという。

「あの子がずっと尊敬してた画家に、課題の絵を酷評《こくひょう》されたのがきっかけでね。しばらく描けなくなってたの。でも、私が見せてもらった絵は、それまであの子が描いた絵と全然違ってた。あの絵が完成したら、あの子が新しい自分を見出したって信じられる気がしたんだけど……」

しかし、陽太は留学先で絵の完成を知らされる前に、小夜子の訃報《ふほう》を受け取ったのだ。

「ねぇ。サカキさんだって見たいでしょ？　小夜子の絵。あの子のこと、あんなに親身になってたんだもの。結婚のことだって」

陽太の言葉は、ふいに途切れた。榊が音を立ててコーヒーポットを置いたからだ。

「飲んだらさっさと帰れ。いくら探してもないものはない」

傍《はた》で見ている結月が息をのむほどの迫力で告げると、榊は陽太を睨《にら》む。

陽太はあきらめたように息をつくと、「わかったわよ」と言って帰っていった。

「……ごめん。なんかあたし、タイミング悪くて」

なりゆきとはいえ、気まずい会話に立ちあうことになった結月は、引き揚げ時を見失ってうつむいた。

「気にするな。それより、何か用があったんじゃないのか。話があるとか言ってたが」

榊は自分の分の珈琲をマグカップに入れると、カウンターに寄りかかり、立ったまま口をつける。

「ああ。ええと」

結月は話をふられてためらった。この流れで小夜子について話すのは、むしかえすようで気が引ける。それでも、ひょっとしたらこの話が何かきっかけにつながるかもしれないと自分に言いきかせると、結月は思いきって顔をあげた。

「実は今日、小夜子さんを知ってるって人に会ったの」

珈琲を飲んでいた榊がぴたりと動きをとめる。

結月は、昼間の出来事を話しはじめた。

*

「猫がお好きなの？」

炎天下の児童公園で会った老婦人は、そう言って結月に話しかけてきた。

「ええ、まあ……。ちょっと、黒い猫を探してて」

おかしなところを見られたはずかしさもあって、一瞬逃げたくなった結月だが、この際、人に聞いてみるのもいいかと開き直る。

「青い目の黒猫なんですけど。この辺で見たことありませんか？」

質問してみると、日傘を傾けた老婦人は、しばらくぼうっと結月の顔を眺めていた。

何かまずいことを聞いたかと心配になっていると、やがて老婦人は「ええ、あるわよ」とこともなげに答える。

「え!?　ほんとに!?」

いきなりビンゴを引き当てたのかと、暑さも忘れて舞い上がりそうになった結月だが、老婦人は落ち着いた声で続けた。

「ずいぶん前にこのあたりで何度か見かけたけど、最近はどうなのかしら。私も、しばらく息子の家で暮らしてて、こっちに戻ってきたのはひさしぶりだからよくわからないけど」

「見かけたのっていつぐらいですか？」

「さあ。二年か、ひょっとすると三年くらい前かしら」

首をかしげる老婦人の言葉に、結月はとたんに冷静になった。

二年か三年前ということは、小夜子が亡くなった前後のことだろう。その頃、このあたりにどろぼう猫がいたことはもうわかっている。

そんなに簡単に見つかるわけないか、と肩を落としていると、老婦人はしみじみと結月を見つめ、やがて、思いきったように口をひらいた。

「あなた、さっきそこで手を合わせていらしたけど……。ひょっとして、あそこで事故に遭ったお嬢さんの、ゆかりの方？」


老婦人は山岡《やまおか》と名乗った。

二年ほど前まであの児童公園の近くに一人で暮らしていたが、足を悪くして、最近まで埼玉にある息子夫婦の家で暮らしていたらしい。

「ひさしぶりだわ、ここのあんみつ」

四人掛けのテーブル席に腰を下ろした山岡夫人は、白玉や小豆、さくらんぼに杏子《あんず》と、色どりもあざやかなあんみつを前に、子供のような歓声をあげる。

結月たちは、公園にほど近い甘味処《かんみどころ》に場所を移動していた。あまりの暑さに、あのまま外で立ち話をしていたら命にかかわりそうだったため、一時避難することにしたのである。どうせバイトの前にどこかで食事をするつもりだったから、ちょうどよかった。

とはいえ、結月が注文したのは食事ではなくかき氷だったが、暑かったので仕方ない。

出てきたかき氷は、シロップではなく氷の上に潰した苺《いちご》の果肉をたっぷりかけ、バニラアイスをのせたものだった。赤い果肉に練乳を注ぎ、氷に混ぜ込んで食べると甘酸っぱい苺の果肉としゃくしゃくした氷の食感があいまって夢心地になる。

「んー！　何これ。おいしー!!」

めまいがするほど暑かったせいか、氷の冷たさが救世主に思えた。かき氷がこんなにおいしいものだったとは、とぱくついている結月を山岡夫人は楽しそうに眺めている。

「すみません。なんか……夢中になって」

にこにこと見つめられていることに気づいたのはほぼ完食した頃で、結月は我に返り、赤くなって口ごもった。猫の時といい、妙なところばかり見られている気がする。

山岡夫人は「いいのよ」と笑って自分もあんみつを口にした。

「ここのかき氷、おいしいでしょう？　地元の人間しか知らないから、穴場なのよ」

確かに、古びた造りの甘味処は路地を入ったところにあり、目立たない雰囲気だった。今は中途半端な時間なせいか、客も奥の席に陣取った結月たちしかいない。

初対面の老婦人と向かいあってかき氷を食べていることに、改めてちょっと呆然《ぼうぜん》とした結月だが、そういえば話が途中だったと気を取り直した。

「それで、小夜子さんのことなんですが」

「あのお嬢さん、小夜子さんというの」

結月が切り出すと、山岡夫人はそう言ってうなずく。

「私はね、よく散歩の途中であのお嬢さんを見かけて、何度か話をしたことがあるだけなの。あのあたりにめずらしい黒猫がいるっていうのは近所じゃ割合有名だったんだけど、近づくとすぐ逃げてしまうから、誰もちゃんと見たことがなくて」

山岡夫人が小夜子に声をかけたのは、誰にも懐かないその黒猫を、小夜子があの公園で撫でているところを目にしたからだという。

「きれいなお嬢さんで、あんまり人と話すのが得意そうじゃなかったけど、何度か声をかけてるうちに、向こうからも挨拶《あいさつ》してくれるようになって」

警戒心の強い黒猫が、小夜子が近づくと、とたんにとことこと近づいてきて足元にすり寄る。遠目にその光景を見て「魔法みたいね」と山岡夫人が言うと、小夜子ははにかむようにほほえんで言ったそうだ。

「コツがあるんです、って」

「コツ？」

息を詰めるように聞いていた結月は、問い返した。

「ええ。この子に気に入られる、とっておきの方法を見つけたんだって言ってたわ。その方法を使えば、あの猫のほうから近づいてくるそうなのよ」

おっとりとした口調で、山岡夫人はそんなふうに語る。

「その方法、聞きましたか？」

結月が身を乗り出すと、びっくりしたように目を丸くして、彼女は答えた。

「ええ」

そんな方法があるならぜひ知りたいわ、と尋ねた山岡夫人に、小夜子は隠すこともなく、あっさり教えてくれたのだった。

＊

「眠りを断つ？」

珈琲を飲むことも忘れたように結月の話に聞き入っていた榊は、眉を寄せた。

「うん。何日も眠らずにいて、眠くて眠くてたまらないような時になると、なぜかあの猫が近づいてくるんだって」

結月もそれを聞いた時は半信半疑だったが、山岡夫人はあくまでまじめな様子だった。

『眠らずにいると、不思議とあの猫と波長が合う気がして、公園を通りかかると、どのあたりに猫がいるか、なんとなくわかるんですって』

――この子は、眠たい人の気持ちがわかるんだと思います。

小夜子は黒猫を撫でながら、そんなことを言っていたのだという。

「だから、試してみたらどうかな」

結月が提案すると、考えこんでいた榊は、不可解そうな顔をした。

「試す？」

「そ。あたしが何日か眠らずに過ごすから、どろぼう猫を探しに行ってみるの。そしたら闇雲に探すより見つかる可能性があるかもしれないでしょ？」

幸いなことに、今は大学も夏休みだ。バイトが休みの日を狙って眠りを断ってみたら、小夜子のように猫が近づいてくるかもしれない。

我ながら名案だと思ったのだが、榊の反応はにべもなかった。

「君がそんなまねをする必要はない」

「どうして？　あたしなら適任じゃない。もともとそんな寝るほうじゃないから、起きてるのも苦にならないし。もし空振りでも、それはそれでしょ。榊さんにリスクはないんだし」

「俺にはなくても君にはあるだろう。ただでさえ睡眠時間が少ないのに、断眠なんかして体でも壊したらどうする。俺だって君にそこまでさせてつかまえようとは思ってない」

珈琲の入ったマグをカウンターに置き、榊は言う。

「でも、あの猫は小夜子さんの仇《かたき》みたいなものなんでしょう？　それに、もし本当にどろぼう猫だとしたら、ひょっとすると榊さんだって眠れるようになるかもしれないのに」

最近また、このあたりでもどろぼう猫らしき黒猫が目撃されているという。この機会に、小夜子が言っていた方法を試せば今度こそどろぼう猫をつかまえられるかもしれないのに、榊が消極的になる理由がわからなかった。

「俺が眠れなくなったのは、半分は当然の報いだと思ってる。かりにこのままだとしても、それはそれで仕方ない」

「仕方ないって……」

結月は思わず絶句した。このまま自分の力で眠ることができなければ、命にかかわるかもしれないと湊川も言っていたではないか。

「そもそも、小夜子をあんな風に死なせたのは、俺に責任があるからな」

思いがけない言葉に、結月は目をみはった。

「どういうこと？」

「陽太が言ってたろ。小夜子は絵のことで悩んでたって。人物画を魅力的に描けないことに、小夜子はずっとコンプレックスを持ってた。そんな時に尊敬してる画家にそのことを指摘されて、行き詰まったんだ。もともと繊細で、精神的に不安定になりやすい性格だったから、大学にも行けなくなって、しばらく目が離せなかった」

一人にしておくと自分を傷つける恐れもあったため、榊はしばらくこの家で小夜子と暮らしていたのだという。物置に置かれていた本や絵は、やはり小夜子のものだったのだ。

「結婚を決めたのも、少しでも支えになれればと思ったからだが、結局、肝心《かんじん》な時に俺は何の役にも立たなかった」

何かを描こうとしてはすぐにやめ、急に陽気になって友人たちと宴会を始めたり、かと思えば何日も塞ぎこんで部屋から出ずに、泣いていたりする。

夜中にふいと一人で散歩に出かけてしまうこともあれば、買い物に出かけたまま新幹線に乗り、とんでもなく遠方の駅から途方に暮れたような電話がかかってくることもあった。

昼も夜もないような小夜子の日常に合わせていた榊は、日々消耗《しょうもう》を強《し》いられていたが、彼女から離れようとは思わなかった。けれど春先のある日、それは起きたのだ。

いつになく疲れがたまっていた榊は、深夜まで小夜子の話につきあううち、いつの間にか眠りこんでいた。目を覚ますと、もう夜は明けており、部屋に小夜子の姿がないことに彼は気づいた。

榊が小夜子を探しに飛び出し、その姿を見つけた時には、もうすべてが手遅れだった。

感情をまじえない声で彼は話し終えると、自分を裁くようにひややかに言った。

「絶対に眠っちゃならない時に、俺は寝入って使いものにならなかったんだ。この先一生安眠できなくたって、文句は言えないだろ」

小刻みに震える手をカウンターの下で握りこみ、結月はうつむいた。

「そんなの……」

榊のせいではない、と口にするには、起きた出来事はあまりに重すぎた。

以前、結月の母の話を聞いて、他人ごとに思えなかったと榊が言ったことがある。

あれは、この世にいない大切な人を忘れられないから、ではなく、自分のせいで大切な人を死なせたと、感じていたからだろうか。

そんなことを考えていると、榊はぽつりと続ける。

「実際、小夜子が死んだのが、純粋な事故だったかどうかは今もわからないしな」

「え？」

「あいつがもし、猫を助けようとしたんじゃなく、自分から車の前に飛び込んだんだとしたら、俺は二重の意味であいつを救えなかったことになる」

その言葉を聞いて、榊がどろぼう猫を探しているわけが、やっとわかった気がした。

仇を取るためでも、奪われたかもしれない眠りを取り戻すためでもなく、彼はただ、婚約者の最期がどんなものであったか、確かめようとしているだけなのだ。

固まっている結月を申し訳なさそうに見下ろし、榊は目を細めた。

「わかっただろ？　俺なんかのために、君がそこまでする必要はないんだ。申し出はありがたいけど、気持ちだけもらっとくよ」

　榊の言葉はいつになくやさしかったが、これ以上は踏み込むなという断固とした拒絶に思えて、結月は何も答えることができなかった。

＊

「目の下、クマができてるぜ、お嬢ちゃん」

煙草をふかしながら茂行に指摘され、結月は目もとをこすった。

「え？　あ、そう。マスカラっつぅのかそれ。マスカラ落ちたかな」

「マスカラっつぅのかそれ。死相出てる感じなんだが。大丈夫か？」

茂行は煙草を指先に挟んでけげんな顔をする。

深夜一時過ぎ、結月は数日ぶりに喫茶「どろぼう猫」にやってきていた。

「大丈夫大丈夫。これただのメイクだし。今はやってるの」

「ほんとかよ。最近の若ぇやつらはすげえことするんだな」

口から出まかせだったが、どうやら茂行は信じてくれたらしい。

茂行に対して結月が敬語を使わなくなったのは「兄さんや高尋《たかひろ》にはもっとくだけてるじ

ゃねぇか。おじちゃんだけ仲間外れにするなよぉ」とだだをこねられたからである。

その言いぐさが少し気持ち悪かったので、あくまで敬語で通そうかと思った結月だが、なんだか面倒になってやめた。年長者は基本的に敬《うやま》うつもりでいるが、茂行に関してはその限りではない気がする。

「それにしても、オーナーの淹れる珈琲はすごいね。眠気が粉砕されるもん。こんなに効果あると思わなかった」

「お。うれしいこと言ってくれるねぇ。俺の珈琲のよさがわかるなんざ、立派な玄人《くろうと》だぜ」

主に破壊力という点で、茂行の珈琲ほど現実に引き戻してくれる飲み物はなかった。どんなに眠気で朦朧《もうろう》としていても、一瞬のうちに意識が覚醒《かくせい》するからだ。

たぶん、寝ている場合ではないと本能が危機感に目覚めるせいではないかと結月は思う。おいしい珈琲と真逆の方向に突っ走った味わいも、時には有効なのかもしれない。

今夜は榊が不在だとかで、店はオーナーの茂行が一人で預かっていた。

代わりのバリスタも都合がつかなかったため、珈琲以外のソフトドリンクとフードメニューのみで営業している。怖いもの見たさからか、さっき常連の中年紳士が茂行の淹れる珈琲を注文したが、ひと口飲んだあとですかさずウーロン茶をオーダーしていた。

「榊さん大阪に行ったって、出張か何か？」

結月が尋ねると、茂行は「いや」と煙草の煙を手で払いながら言った。

「例の、小夜子の絵ってのを探しに行ったのよ。小夜子の大学ん時の友達が何枚か持ってて、今は大阪にいるっていうからな」

「そのためだけに？」

「なんだかんだ言って兄さんも気になってるんだろ。昼間の仕事が終わったら新幹線乗って、向こうで絵確かめたあと、明日の始発で東京に戻ってそのまま仕事に行くとさ」

いくら眠る必要がないといっても、かなりの強行スケジュールだ。

そこまでしてでも小夜子の遺した絵を見つけたいのかと思ったとたん、なぜかずん、と体が重くなる気がして、結月は憂鬱《ゆううつ》になった。

榊の部屋で小夜子の最期にまつわる話を聞いたのは、三日前のことだ。

あれから、結月は一度も店にも榊の部屋にも顔を出さなかった。

どことなく榊と結月の間に距離ができたことに気づいているのかいないのか。茂行の態度からは全く読み取れない。

「昔っから、クソ真面目で思い詰めるたちなのは小夜子そっくりだったからな。いまだに眠れねぇのだって、てめぇでてめぇに呪いかけてるだけなんじゃねえかと思うよ」

榊が眠らないのは、潜在意識の深いところで眠りを拒んでいるからだ、と言ったのは湊川だった。小夜子がいなくなったことに気づかずに眠っていた自分を、今もきっと榊は許すことができないのだろう。

「当然の報いだって言ってた」

榊の言葉を思い出してぽつりと呟くと、茂行はその一言で、結月が何を聞いたのか悟ったようだった。

「報いね。……ま、そう思っちまうのも無理ねえけどよ」

ふうっと、大きく煙を吐き出すと、茂行は少しの間、黙り込んでから話しはじめた。

「事故のあった日の朝な、兄さんが真っ青んなっておれんとこ訪ねてきて、小夜子がこっちに来てねえかって聞くのよ。おれも泡食って、二人して探しに出てしばらくして小夜子を見つけてな。そん時には人だかりができてて、救急車が着く前には、小夜子はもう動かなくなってた」

水の中で息を吐き出すように、茂行はひと息に告げると、灰皿に灰を落とす。

「小夜子がいなくなってから、おれもからっぽになっちまってよ。店も閉めたまんまだったんだが、潰しちまうのも惜しくてな。兄さんに、ここで店やらねえかって言ったのよ。兄さんが眠らなくなったのは知ってたし、どうせ夜通し眠らねぇんなら、同じように眠れねえ客の相手でもしてるほうが、気がまぎれるんじゃねえかと思ってな」

スピーカーからはサキソフォンのむせぶような、かすれた音色が流れてくる。

茂行はぐるりと店内を見回した。わが子を眺めるような目をしていた。

「兄さんが店始めてから、客もぼちぼち入るようになって、うれしいにはうれしいんだが、小夜子がいないのが時々どうにもやりきれなくってな。ここにいるのがたまんなくなって、放り出しちまった」

ひでぇよな、と自嘲《じちょう》すると、茂行は短くなった煙草を灰皿に押しつけた。

「兄さんが小夜子に最期まで付き添ってくれたのは、ありがてぇと思ってるんだ。けど、その兄さんがあんな風に歪んじまったの、おれは見てられなかった。結局、高尋の奴に全部押しつけて、日本からトンズラこいたんだから、薄情な親父だよな」

息の根でも止めるみたいに、火が消えたあともぐいぐいと煙草を押しつけ、茂行は顔をしかめる。

「小夜子が死んだ時の黒猫が、どろぼう猫だったのかどうか、おれにはわからねぇ。兄さんが猫を探してるのは知ってたが、そんなもん見つけてどうにかなるとはおれは思えなかった。それで小夜子が戻ってくるわけでもねえしよ。……ただ、このまんまじゃ、あんまりじゃねえかって最近思うようになってな」

ゆっくりした動作で茂行は何本目かの煙草に火をつけると、何かをごまかすように、煙草を挟んだ手で目もとをこする。

「眠れねえまんま、兄さんがくたばっちまうようなことんなったら、どろぼう猫の呪いどころか、小夜子がとり殺したみてえだろ。まるっきり悪霊じゃねえか。それじゃ小夜子だって浮かばれねえ。そんなの、親にとってもやりきれねえ。……だから、兄さんには救われてほしいんだよ」

しゃがれ声を絞り出すようにして、茂行が最後にそう言ったあと、長い沈黙が落ちた。

結月が考えこんでいるうちに、スピーカーから流れる曲は女性ジャズシンガーの眠たげな歌声に変わっていた。

「なんで、あたしにそんな話するの」

結月が問いを口にすると、茂行はようやく笑みをうかべる。

「お嬢ちゃんなら、できるんじゃねえかと思ってよ」

「……無理だよ、そんなの」

カウンターに両肘をついたまま、結月はうつむいた。

誰かが誰かを救うなんて大それたこと、できるわけがない。どんなに親しい人間だって不可能だ。母のことで、結月はそれを思い知っている。

「でも、なんかやろうとしてるだろ」

あっさりと見抜かれて、結月は思わず絶句した。

「なんのこと？」

平静を装いつつ、しらを切った結月を、茂行は面白そうに眺める。

「おじちゃんはダテに歳《とし》食ってねえからよ。そんくらいのことはなんとなくわかるのよ。ま、お嬢ちゃんが何を始めようとしてんのかまでは知らねえけどな」

あんま無茶するんじゃねえぞ、と諭《さと》すように言われて、結月は居たたまれなくなった。

「べつに。あたしはただ、自分の勝手でやるだけだし」

語るに落ちるとは思いつつ、言いわけじみた答えを口にする。

「かまわねぇよ。澱《よど》んじまった流れを変えられるんなら、なんだっていいさ」

茂行は笑うと、眠気覚ましには効果抜群の、珈琲のおかわりを注いでくれた。

*

結月が眠りを断って、三日が過ぎた。

最初の晩と、次の晩は、とくに眠気を感じなかった。

もともと睡眠時間は極端に少ないほうだし、友人たちと夜遊びに出かけて騒いでみたり、友人宅で一晩中、ぶっ続けでくだらない下ネタ満載のコメディ映画を見たりしたおかげもあるだろう。

おかげで朝になっても感覚が麻痺《まひ》して顔がゆるんだままになり、友人に気味悪がられたりもしたが、このままなら当分眠らなくても大丈夫なのではないかと思ったほどだ。

わずかな変化が訪れたのは、三日目の夜のことである。

さすがに連日連夜、夜遊びに友人をつきあわせるのも気が引けたし、そもそも結月自身さほど夜遊びは好きではない。一人で夜の街に繰り出すなんてこともなく、おとなしく家で過ごそうと思ったものの、じっとしているとうっかり寝入ってしまいそうになるため、結月はこれこそチャンスと、猫を探しに行くことにした。

結月の夜の散歩につきあってくれたのは、医師の湊川だ。

小夜子は湊川の妹でもあるし、どろぼう猫は自分にとっても仇みたいなものだと言っていた。榊には止められたが、湊川にはいちおう相談しておくべきかと思ったのである。

山岡夫人から聞いた小夜子の話を伝え、結月が眠りを断っていることを打ち明けると、湊川は榊と同様、いい返事はしなかった。

「小夜子が猫をなつかせることができたのが、本当に眠りを断ったせいなのか、裏付けがあるわけではないでしょう。健康を害するような方法を結月さんに取らせるのは、僕としては賛成できません」

それはもっともな意見だったが、結月としては引きさがるつもりはなかった。あくまで個人的な実験で、無理はしないと約束すると、夜の猫さがしには自分が付き添うという条件で、しぶしぶ承諾してくれたのである。

約束の時間どおりに現れた湊川は、こんな時でさえスーツにネクタイ姿でなんだか笑ってしまったが、本人はこれが一番落ち着くというから仕方ない。

「父は、あれで脆《もろ》いところがありますからね。小夜子が心のバランスを崩した時も、片親で苦労させたせいかもしれないって、自分を責めてましたし」

結月が先ほど、店で茂行と話したと聞くと、湊川は懐中電灯を手にそう言った。

「真臣《まさおみ》は、自分が寝入ってしまったせいで小夜子を死なせたと思ってるみたいですが、それを言うなら、僕や父のほうがよほど責任があるんですよ。特に僕は、精神科医のくせに、妹の苦しみひとつ救ってやれなかったんですから」

湊川の声は静かだったが、ちらりと見上げたその顔はひどく哀しげだった。

「医者の看板を下ろすことも考えましたが、真臣の体のことでそうも言ってられなくなって、今もこうして続けてる。真臣が自力で眠れる方法も、わからないっていうのにね」

眠りを失った当初、大学病院で検査を受けた榊だったが、今は湊川の治療以外は受ける気がないらしい。それは友人を信頼しているから、というより、治療自体にあまり積極的ではないせいだろうと湊川は言う。

「真臣の心を軽くするには、僕や父では小夜子にあまりに近すぎる。だから父も、結月さんにそんなことを言ったんでしょう」

でも、と言葉を切って、湊川は結月を見た。

「正直、結月さんが真臣のためにここまでしてくださるとは思いませんでした」

「榊さんのため、なのかな」

ひと気のない道を歩きながら、結月は首をかしげる。

眠りを断つことを決めたのは、先日の榊の話がきっかけになっていることは確かだが、純粋に榊のことを思っての行動なのか、結月自身にもよくわからない。

「好きなんですか。真臣のこと」

問う声は、夜の空気にまぎれるようにひそやかだった。

湊川の口からそんなことを聞かれるとは思わず、結月は少しびっくりする。

「どうだろう。榊さん、あたしのこと女扱いしてないし。……どっちかっていうと今は、仲間、みたいなもんだと思う」

なんとなく目をそらして結月が答えると、「仲間？」と湊川が聞き返す。

「うん。眠れない長い夜を楽しく過ごす、夜ふかしの仲間、かな」

もし結月が榊のことを好きになったとしても、今の榊はけして結月を見ることはないだろう。彼の心は過去にとらわれたままだ。

もう一度、彼の時間が動き出すまでは、夜ふかし仲間の一人でいい。

眠気にぼんやりと支配された頭で、結月はそんなことを思う。

結局、一時間ほど住宅街を歩き回り、公園や神社など、猫がいそうな場所をめぐったが、どろぼう猫を見つけることはできなかった。

結月としてはもう少し探したかったが、湊川はあまり無理をさせたくないらしく、彼の提案でマンションに帰宅することになった。

「これで見つからなかったということは、断眠をしてもどろぼう猫をつかまえることはできないということです。結月さんはどうか家でゆっくり休んでください。いいですね？」

帰り際、湊川にはしつこく念を押されたが、結月はそのまま二階の店に向かった。

オーナーの茂行が淹れる、破壊力抜群の珈琲をもう一杯飲むためだった。

＊

断眠四日目になると、過酷《かこく》さはさらに増した。

限られた睡眠時間でもことたりる自分なら、眠りを断ったところでさほど影響はないとたかをくくっていたが、どうやら甘かったらしい。

体のだるさは極限に達しており、腕を持ち上げる動作、ほんの少し歩く動作にも、全身の力を要するようになっていた。

腹の中には重油でも詰まっているのではないかと思うくらい、内臓そのものがけだるく重く、思考にも薄い靄《もや》がかかって、それが次第に濃い霧へと変わっていく。

「無眠者でもない人間が眠りを断ち続けるのは、最長でも十日前後が限度と聞いています。普通の人間なら健康な大人の男でも三日から五日が限界でしょう。実験の記録を見ても、三日目以降になると、自力で目を覚まし続けることは難しいようです。それでも眠らずにいれば鬱状態におちいったり、幻覚や錯視を起こすこともある。本当に危険なんですよ」

眠りを断っていることを話した際、湊川はなかば脅すように結月にそんな説明をした。

大の男でも限界だという三日目を乗り切り、四日目にさしかかったが、幸いなことに、結月はまだ幻覚は見ていない。

この日はバイトのシフトが入っていた。

休むことも考えたが、忙しいほうが眠気を感じなくてすむこともあって、仕事に出かけた。

結月のバイト先は街道沿いにある宅配便の営業所だ。

いちおう荷物の受付カウンターの仕事ということになっているが、電話の応対や伝票整理なども任されているので、暇になるということは滅多にない。平日の昼間は荷物を受け取ったり送れないという客も多く、夜になってもなかなか仕事は途切れなかった。けれど、腰を落ち着ける時間もないせわしなさも、この日ばかりはありがたく思える。

波のように押し寄せては去っていく眠気と闘ううちに、妙に気分が陽気になり、無駄に愛想を振りまいたおかげでお客の評判は上々だった。

とはいえ、同僚にはテンションの高さを気味悪がられたので、体調が万全でない時に仕事したらだめだなと反省しつつ、マンションに帰る。

その道すがらも、猫を探しててくてく歩いたが、野良猫一匹見つからなかった。

喫茶「どろぼう猫」に行ったのは、日付もとうに変わり、午前二時近くになる頃だった。

「なんか……すごいお腹《なか》すいた」

カウンターに座った結月は、フードメニューを繰りながらぐったりと呟いた。

普段、深夜に店に来る時は、珈琲と一緒にしつこくないデザート系を頼むことが多いのだが、今はお腹にたまるものが食べたいと思った。

今夜は珍しく常連の姿もなく、店の客は結月一人だった。今しがた最後の客が帰ったらしく、カウンターに空のカップがひとつ残っている。

「まかないにするつもりだったメニューなら、すぐ出せるけど」

それを片付けながら榊が言った。

空腹の度合いは待ったなしだったので、それでいいと結月が言うと榊は支度にかかる。

言葉どおり、すぐに出てきたのはトマトと生ハムの冷製パスタだった。

いつものがっつりしたメニューではなく、女性が好みそうな色どりのパスタを眺め、ひょっとして待っててくれたんだろうかと結月は思い、そんなわけないかと否定する。

あっさりした味付けのパスタはするすると胃に収まり、またたくまに結月が完食すると、何も言わないのにデザートにシャーベットが出てきた。

「頼んでないよ？」

結月が言うと、榊はパスタの皿を片付けてそっけなく答える。

「いらないなら食うな」

いるに決まっているので、さっそく結月は口に運ぶ。レモンのシャーベットだった。冷たい食感が鈍くなった味覚を刺激して、眠気が少しやわらいだ気がする。

「お客さん、いないね」

シャーベットを食べながら、結月はがらんとした店内を眺めて呟いた。

「明日から盆休みだからな。みんな旅行か帰省でもしてるんだろう。この時期はだいたいこんな感じだ」

榊は淡々と言って、珈琲の準備を始める。

まだ頼んでいないが、結月が食後の珈琲を飲みたがるのも予測ずみなのだろう。

毎日のように店に入り浸っていると、食べたいものや飲みたいものが欲しいタイミングで出てくるようになった。常連の特権といえばそうなのだろうが、あまりかゆいところに手が届くと、自分がこの店の居候《いそうろう》にでもなった気分になる。

「……小夜子さんの絵、さ。見つかった？」

結月が聞くと、榊は一瞬手を止めた。

「いや、空振りだった。陽太の見間違いかもな」

「そっか」

珈琲ができあがるまでの時間、うっかり寝入らないように結月が目をしばたたかせていると、榊がこちらを向く。

「まだ続けてるのか？」

「何が？」

　ぼうっとしていた結月は、質問の意味がわからず、首をかしげた。

「断眠だよ。さっきまで高尋が来ててな。話は聞いた」

　置いてあったカップは湊川のものかと納得しつつ、結月は歯噛《はが》みする。

「センセイめ……」

　榊には黙っているよう頼んだのに、一日もたないなんて口が軽いにもほどがある。

「何が『センセイめ』だ。必要ないって言っただろう。なんでこんなまねをする」

　怒気を抑えるように、押し殺した声で榊は言った。

「あたしが勝手にやってることなんだから、榊さんには関係ないでしょ」

　目をそらして不愛想に答えた結月に、榊が吐き捨てる。

「こんなことで、クマまでつくってか？　ばかばかしい」

「ばかばかしいって、何それ!?」

　かっとなって結月が顔をあげると、榊の視線とぶつかった。とたん、表情の険しさに心臓がとびあがる。榊は、今まで見たどんな時よりも、厳しい顔をしていた。

「俺に同情してくれたならお門違いだ。君にこんなまねされてもうれしくも何ともない。

今すぐ自分の部屋に戻れ。さっさと寝ろ」

　そう告げる榊の声は、低く冷えきっている。声を荒らげて怒鳴るより、はるかに怒りが伝わってきて、結月はひるんだ。

「べつに……」

　口を開いた時、自分の声がかすれた涙声になっているのに気づいて、結月は内心驚いた。怒られて泣くなんて子供じゃあるまいし、と思いながら、声を絞りだす。

「べつに、榊さんのためにやってるわけじゃないよ……！」

　くやしまぎれにそんな言葉を投げつけ、結月はスツールから飛び降りるように店を出た。ツンデレみたいなセリフだな、と自分に突っ込んだのは、寝不足のなせるわざだろう。

　予想はできたことだが、榊は追いかけてこなかった。

＊

　店を出て部屋に戻ろうとしたところで、結月はバッグを忘れてきたことに気がついた。スマホも財布もみんな、バッグの中だ。

　気まずさをこらえて店に戻ることも考えたが、今は榊の顔を見たくなくて、乱暴にエレベータの階数ボタンを押す。襲いかかる睡魔のせいか、普段の自分からは考えられないくらいに苛立っていた。

かろうじて部屋の鍵は持っていたものの、今戻ったら寝てしまう気がして、行き先を屋上に変更する。

エレベータが目的の階に着くと、白熱灯が照らす狭いフロアに結月は降りた。

持っていた鍵で正面の鉄製のドアを開けると、生ぬるい風が押し寄せてくる。

黒々とした地上に光の粒がばらまかれ、深紫色の空には猫の爪のような月が見えた。

もっと眠くなるかと思ったが、夜景を眺めているうちに、かえって目が冴えてきた。

遠く、光の濃くなる線は街道だ。行きかう光の群れは、川を流れる燈籠《とうろう》のようだった。

ライトアップされた看板は、最近売れはじめた女優の写真に替わり、はるか彼方の電光掲示板は遠すぎて文字が読めない。どこかのオフィスで深夜残業をするサラリーマンは、今夜も石のようにパソコンに向かったままだ。

どこか幻みたいに見える、そんな景色のひとつひとつを、結月は手すりを撫でながら、ゆっくりと歩いて確かめ、屋上を一周した。

足が止まったのは、偶然ではないだろう。眼下の闇の中に、児童公園の水銀灯の明かりが小さく見えた。三カ月前、榊が手すりの向こう側から見ていた場所だった。

その場所をぼんやり眺めていた結月は、身を乗り出し、手すりを乗り越えようとした。

「え!?」

とたん、ぐいと体ごと背後に引き寄せられ、声をあげる。

「何やってる。飛び降りる気か……！」

いつの間に来たのか、息を切らせた榊に怒鳴られ、結月は目をみはった。

確かに、今のは傍からそう見えても不思議はなかったと我に返り、あわてて弁解する。

「いや、違うから！　ちょっとそこに立ってみようかと思って」

「寝不足でふらふらの人間が何の肝《きも》だめしだ」

手すりの外側を示した結月を、さらにドスの効いた声で榊は叱りつける。

羽交い絞めでもするように背後から抱えられたまま、結月は答えた。

「だって、最初に会った時、榊さん、あの公園見てたでしょ」

ここで茂行から話を聞いたあと、結月は一度だけ屋上に来て榊のいた場所に立ってみた。バランスを崩したら怖いので、ほんの一瞬眺めただけだが、確かにその場所からは、児童公園の桜が二本、並んで見えたのである。

結月の言葉に榊はしばらく絶句していたが、深く息を吐くと、腕をゆるめた。

けれど、腕の力はゆるんでも、体は榊に抱えられたままで、結月は居心地が悪くなる。

「暑いんだけど」

「……飛び降りないなら放す」

どうやら結月が手すりを乗り越えようとしていたのがよほど衝撃的だったらしい。飛び降りない、と確約すると、榊はようやく解放してくれた。

「それと、食い逃げ。ひとつ貸しな」

ついでのようにそんなことを告げられ、今それを言うかな、と結月は顔をしかめた。

「まかないだって言ったくせに」

ふてくされて呟くと、榊はおかしそうに小さく笑い、手すりにもたれる。

ゆるい風が吹いて、榊の黒い髪をふわりと撫でた。

「ここで君と会った時な」

自分が立っていた場所を眺め、彼は言った。

「最後にちゃんと眠った日に見た夢のこと、思い出してた」

「夢？」

「ああ。虫一匹飛んでない、いちめん青あおした草の生えた原っぱに立ってるんだ。風が吹いてて、体が溶けそうなくらい空が青かった」

榊は風に吹かれながら、淡々と続ける。

「歩いていくと、でかい桜の木が立ってて、満開だった。普通の桜と違ってどういうわけか、藤《ふじ》みたいな薄紫色の花でな。それでも俺には、それが桜だってちゃんとわかるんだ。真っ黒い枝が風に揺れるたび薄紫の花が散って、花びらが雲ひとつない空に吸いこまれていくのが見えた」

きれいだったよ、と榊は呟いた。

「ここは彼岸《ひがん》だとかあの世だとか、とにかくあっち側の世界なんだろうと思った。死んだあとに行く場所があああいうところなら、死ぬのも別に悪くないなと夢の中で思った。ほかのことは何も思い出さなかった。目が覚めてみると、小夜子はもういなくなってた」

かつての恋人の名前を口にして、榊はようやく結月に向き直った。

「おかしな話だろう？　死んだのはあいつなのに、生き残った俺のほうがあの世を見たんだ」

結月はうつむいたまま、両目を閉じる。簡単じゃない、と思った。

誰かが必死にがんばって、呪いが解けてめでたしめでたしなんて、物語の世界の話だ。

結月がどれほどあがいたところで変わらない。そんなことははじめからわかっている。

「やっぱ、無理かあ」

口に出すと、一緒に気力が抜け落ちるようだった。脱力感に逆らわず、結月は手すりの支柱に背中を預けると、その場にぺたんと座りこんだ。

「大丈夫か？」

突然座りこんだ結月に、榊が心配そうに膝《ひざ》をつき、尋ねてくる。

「ごめんね」

うなだれたまま、結月は言った。

「べつに、榊さんに同情したからこんなこと始めたわけじゃないんだ。あたしにどうにかできる問題じゃないってわかってるし。……でも」

このまんまじゃあんまりじゃねえか、と言った茂行のしゃがれ声が頭の中で響く。

「何かしたかっただけ。何もできないって思いたくなかった。死んじゃった人じゃなくて、生きてる人のこと……あたしのことも、見てほしかっただけなんだよ」

毎日、兄の事故現場に「お参り」に行く母も、生きている結月を見ようとしなかった。いつまでも過去の、もうどこにもいない人にとらわれたままだ。それほど大切だったことは知っている。けれど、自己満足でも、無駄な努力でも、そんなのはもう終わりにしたかった。結月はただ、悪あがきすることで、自分を見てほしかっただけなのだ。

うつむいている結月の頭に、榊の手が触れる。

「もういい」

次の瞬間、腕の中に抱えこまれ、胸に押しつけられて、結月はまたたいた。視界が塞がれたせいで、抑えこんでいた睡魔が襲いかかり、波が引くように一瞬意識が遠のく。

「もういいから、少し眠れ」

体ごしに、低い声が耳に届いた。榊の言う通り、このまま睡魔に身を任せたくなったが、それでも結月は抵抗をはかって身をよじり、榊の胸板に手をついて顔をあげる。

「わかった。ちゃんと寝るから、その前に少しだけ散歩に行こうよ」

「散歩?」

「そ。これで最後。今夜でもう終わりにするから。いいでしょ?」

榊は少し考える顔をしたが、これで最後という結月の言葉に納得したのか、ようやくうなずいた。

「わかった」

そうして、二人は最後の猫さがしに出かけることになったのだった。

*

深夜の住宅街は水の底のように静かだった。

夏の夜明けにはまだ早く、誰も歩いていない道を結月と榊は並んで歩いていた。

不思議と、猫にはよく会った。

時間帯のせいなのか、それとも通る道筋のせいなのか、昨夜湊川と歩いた時には一、二匹見かければいいほうだったのに、今夜はやたらと目についた。

植え込みの陰やブロック塀の上にうずくまって、じっとこちらを見ていたかと思うと、駐車場に何匹か固まって座り、猫の集会をしていたりする。

会う猫はみな、白とか三毛とかブチやトラで、黒猫は一匹もいなかったが、そんな猫たちを眺めながら歩くのは楽しかった。

　ある路地に迷い込んだ時には、野良猫の家族なのか、道の真ん中に子猫が数匹、団子のように固まって眠っていて、度肝《どぎも》を抜かれた。

「こんなとこで寝てて、人に踏まれたりしないかな」

　そっと結月が尋ねると、榊はまじめな顔で答える。

「というより、バイクや車のほうが危険だろう」

　言われてみれば、もうじき新聞配達のバイクが通りかかる時間帯だ。

　結月はそっと近づいて起こそうとしたが、子猫たちはぐっすり寝入って目を覚まさない。

「まあいいや。ちょっと撫でさせてもらおう」

　団子になっている猫のそばにしゃがみこみ、結月は手を伸ばす。眠っているのは三毛とブチとキジトラで、まだやわらかなふわふわの毛を指の先だけでちょいちょいと撫でると、榊は少しうらやましそうな顔をした。

　榊さんも撫でればいいのに、と言おうとしたところで三毛がまず目を覚まし、ぎょっとしたように民家の植え込みに駆け去ってゆく。続いてブチも泡を食ったように逃げていったが、キジトラはそれでもたくましく眠っていた。

「……死んでるんじゃないだろうな」

　心配になったのか、榊がそう言ってちょんと指先で頭に触れると、キジトラは弾かれた毬《まり》のように兄弟たちのいるほうへ姿を消す。どことなく名残《なごり》惜しそうな榊を見て結月が笑うと、彼は気まずそうに横を向いた。

散歩コースは特に決めず、結月がなんとなく歩きたくなる道筋を選んだ。

結月の好きにさせるつもりなのか、榊は特に何も言わなかった。

黙って歩いていると眠気が押し寄せて、そのうちさっきの猫の兄弟みたいに道の真ん中で寝てしまいそうだったから、結月は思いつく限り、いろんなことを話した。

「でね。その先輩、めちゃくちゃ不愛想であたしたちが話しかけてもろくに口もきかないくせに、繭香《まゆか》がいる時は別人みたいにちゃんと喋《しゃべ》るの。そのくせ、繭香はその先輩のこと怖いって言うし、先輩も自分が態度違うって全然気づいてないいんだよ。傍から見てると、どっちも意識してるのまるわかりなのにさ」

などと、結月が友人の話をすれば、榊は律儀に相槌《あいづち》を返す。

「当事者ほどわからないもんなんだろうな」

また、入り組んだ路地を歩いている時には、榊がふと立ち止まり、こんな話をした。

「うちに来た客に聞いたんだが、このあたりに深夜にだけ見つかる細い路地があるらしい。そこにうっかり迷い込むと、閉じ込められて二度と出てこられないんだそうだ」

「こういう時に怪談やめようよ！」

もっともそれは、車で入ると出られなくなる袋小路の話だったので安心したが。

「ここの定食屋な、串カツがうまいんだ」

通りがかった店の前で榊がそんなことを言えば、結月は空腹を感じて立ち止まる。

「いいなぁ。食べたいなぁ」

さっきパスタを食べたというのに、もう胃袋がせつない声をあげている。眠りを断つと食欲が増すと湊川が言っていたが、本当だなと結月は思った。

「また今度な」

灯《あかり》の消えた店の前から立ち去りかねていると、榊はなだめるように言ってうながした。

パラララ、と新聞配達のバイクの小刻みなエンジン音が聞こえるようになると、結月は突如、はっと顔色を変え、榊を物陰に押し込んだ。

「隠れて!!」

「何だ、一体」

ぎょっとしたように尋ねる榊に、結月は人差し指をたてて声をひそめる。

「こういう散歩の時は、新聞配達の人に姿を見られたらアウトなんだよ」

「何のルールだそれは」

もちろん結月がその場で思いついたルールだ。寝不足も限界を超えると、理不尽なことがしたくなる。

その後も、路地から路地へと泳ぐように新聞配達のバイクが通るたび、結月たちは忍者のように逃げ隠れた。榊は最初、心底ばかばかしそうな顔をしていたが、つきあううちに面白さがわかってきたのか、「まずいぞ結月、向こうから毎朝《まいあさ》新聞のバイクが来る。挟まれた！」とか報告をしてきたりして、あやうく当初の目的を忘れそうになった。

コンビニの白々とした明かりの見えるところに差しかかった時は、

「まぶしいねぇ」

「そうだな」

「文明の光だねぇ」

「そうか？」

といった会話をし、

「こういう散歩の時は、文明の光のあるところに行ったらだめなんだよ」

「だから何のルールなんだそれは」

と、再び榊に突っ込まれた。

それでも、新聞配達のバイクから逃げまわって喉《のど》が渇いたので「自販機はセーフってことにしよう」という結月の提案により、二人で飲み物を買って一服した。

「いいかげんなルールだな」

釈然としない顔で榊が呟いていたが、結月は笑って気にしなかった。

少しずつ夜の色が薄れてゆき、暗かった路地が街灯の明かりなしでも歩けるようになると、榊がふと足を止めて空を仰いだ。

「そろそろ夜が明けるな」

「あの教会！　あそこまで行ったらゴールにしようよ」

もう帰ろうと言われる前に、結月は十字架のかかる建物を見つけて指さした。

榊はうなずき、二人は黙って細い道を教会まで歩いた。

教会の前は、車が何台か止められるような広場になっていたが、今はがらんとしていた。

人間はおろか、そこには猫の一匹もおらず、結月は少し呆然と立ちつくす。

あっけないくらい何事もなく、夜の散歩は終わった。

どろぼう猫は見つからなかった。

地図も見ず、思いつくままに歩いてきたから、現在地がどこなのかもわからない。

「だいぶ歩いたな。ちょっと待っててくれ。帰り道を見てみる」

榊はそう言って、スマホを取り出して調べはじめる。

結月は榊から離れると、ぼんやりと教会の周辺を見渡した。

周囲の住宅はみな、人など存在しないかのようにひっそりとしていて、ほのかに明るくなった空を雲が流れている。結局なんにもならなかったな、と眠気の詰まった頭で考えた
結月は、ふと、教会の広場の隅の植え込みに心をひかれた。

はじめはなぜ、そんなところに目が行ったのかわからなかった。けれど、まだ薄暗いそ

の場所に目をこらすうち、理由がわかった。

植え込みの陰に、黒猫が一匹うずくまっていたのだ。

自分が見つけたものが何なのか確かめるより先に、どくどくと心臓のほうが騒ぎはじめる。

結月は息をとめたまま、一歩、二歩と植え込みに近づいた。

黒猫は眠っていた。

路地裏で団子になっていた猫よりも深く、寝ているように見えた。

黒猫は、まるで誰かから奪ってきた眠りをむさぼるように、じっと目を閉じていた。

猫の目の色はわからない。

それでも、結月はその猫にまちがいないとわかった。

起こさないように、そっと植え込みの下に手を伸ばす。黒以外の毛が一本も混じらない艶《つや》のあるその毛並みに触れた時、燐光《りんこう》のように蒼《あお》い光がちらりと猫からはがれた気がした。

「よせ、触るな！」

結月が何をしているのか気づいたのか、榊が顔色を変えて声をあげる。

瞬間、猫はぱっと目を覚まし、あざやかな青い目がこちらを見た。

「あっ」

結月が声をあげた時には、猫はすばやく植え込みの陰から飛び出し、路地のほうへと駆け去っていた。

「いた！　見つけた！」

結月は叫ぶと、黒猫のあとを追って走り出した。

「待て、結月！　一人で行くな！」

榊の声があとから追ってくる。

ほの白い朝靄のただよう道を、結月は黒い影を頼りにひたすら駆け続けた。

見失ったかと思えば、遠くの曲がり角をさっと横切る姿が見えたりして、まるで化かされているようだと結月は思う。

最後に黒猫の姿を見失ったのは、屋根にしゃれた風見鶏《かざみどり》のある建物の前だった。

もう手も足も棒のようで、くたくたになった結月は、痛む肺をなだめながら荒い呼吸をくりかえす。右を見ても左を見ても、もう黒猫の姿はどこにもなくなっていた。

「結月！」

「……ごめん。逃げられた」

ようやく追いついた榊に、結月は告げる。眠りまで断って、やっと本物を見つけたのに、最後の最後で取り逃がすなんて、榊に合わせる顔がない。

結月の傍《かたわ》らに立った榊は、何も言わない。さぞ失望しているのだろう。

そう思って、おそるおそる視線を向けると、榊はなぜか呆然としたように目の前の建物を見つめていた。

何か驚くようなことでもあったのかと、結月もそちらに目をやって、絶句する。

榊が見つめていたのは、写真館らしき建物のウィンドウだった。

七五三や結婚式、ドレスアップした家族写真などが飾られたウィンドウには、スナップらしき一枚の写真が交ざりこんでいる。

黒猫を腕に抱き、まぶしいような満面の笑顔をうかべているのは、見覚えのある黒髪の女性だった。

「…………なんで？」

結月の口から、思わずそんな声がもれた。

写真に写っていたのは、陽太に見せてもらったのと同じ、小夜子の姿だったのである。

＊

カチカチと、柱時計の振り子が規則正しく時を刻んでいる。

空気さえまどろんでいるような早朝の時間、結月と榊は写真館を訪れていた。

榊と二人して、ウィンドウの写真を愕然《がくぜん》と見つめたまま、どのくらいたった頃か。

写真館の脇の、自宅らしき門扉《もんぴ》から老人が顔をのぞかせ、「うちに何かご用ですか？」

と尋ねたのである。どうやら新聞を取りに外へ出て、二人に気づいたらしかった。

榊が写真の女性の元婚約者だと知ると、老人は驚いたように目をみはり、二人を写真館の中に迎え入れてくれたのだった。

「家内が亡くなってから、どうも眠りが浅くなりまして。明るくなってくるともう、寝床にじっとしていられないんですよ」

老人はそんなことを言って笑うと、二人にお茶をふるまってくれた。

通されたのは、撮影用のビロードが張られた猫脚《あし》の椅子などが置かれた部屋だった。

「あの写真は、なぜここに？」

疑問にかられたように、榊はお茶に口をつける間も惜しんで老人に尋ねる。

老人は自分の湯飲みでお茶を味わうと、ゆっくりと息を吐いて言った。

「いつだったか……もうずいぶん前に、私が無断で撮ってしまったものなんですよ。このあたりを時折散歩していたお嬢さんでしてね」

写真館の近所には猫を飼っている家が多く、老人は猫を見かけるたび、写真を撮るのを趣味にしていたという。

「中でも、青い目の黒猫は有名でした。その頃、私も時折姿を見かけたが、どこで飼われているのか誰も知らなくて、姿を見るといいことがあるとか、不幸になるとか、いろいろ言われていましたよ」

老人はそんな噂は気にしていなかった。ただ、そんなにめずらしい猫なら写真に収めてみたいと思っていた。

「でも、その猫は誰にもなつかないみたいでしてね。姿を見かけたって人はいても、撫でたり触ったりしたって人には会ったことがありませんでした。それが……」

ある時、老人は教会の近くで一人の女性が黒猫を撫でているのを見かけた。

誰も触ることのできないその猫を抱き上げ、うれしそうに笑う姿は、傍で眺めていても顔がほころぶような光景だった。老人はちょうど手にしていたカメラを構え、気がつくとその女性に向かってシャッターを切っていたのである。

「不躾《ぶしつけ》なまねをしてしまったというのに、そのお嬢さんは少しも気を悪くせずに、写真を見せてほしいと私におっしゃいました。私がお見せするととても気に入ってくださって、この写真館にも来てくださったんですよ」

それまで撮りためた猫の写真を老人が見せると、女性は楽しそうに見入っていたという。

写真を一枚一枚眺めながら、その時の出来事を語るうちに、老人はすっかりその女性と打ち解けていた。

「家内に先立たれて、息子たちも独立しているもんですから、一人で寂しかったというのもあるんでしょう。まるで、孫娘ができたみたいでうれしくてね。聞かれるままに、ついいろいろなことをお話ししてしまいました」

なつかしそうに、そして少し照れくさそうに老人は目を細め、お茶をすする。

帰り際、彼女はすてきな写真を撮ってくれたお礼に、絵を描かせてほしいと申し出た。

「絵を……？」

榊は、思いがけない言葉を聞いたように顔色を変える。

老人は穏やかな顔でうなずいた。

「ええ。私の好きなものを、なんでも描いてくださるとおっしゃいました。しばらく描くのをやめていたから、下手かもしれないけれど、大事に描くと。だから、家内の姿を描いてほしいとお願いしたんですよ」

老人の妻ははにかみ屋だったこともあって、写真はあまり撮っていなかった。それでもわずかに残っていた写真と、昔飼っていた猫の写真を渡すと、彼女は必ず絵を仕上げて持ってくると約束したのである。

「その絵は、今は」

かすれた声で榊が問う。

「うちにありますよ。あれからしばらくして、お預けしていた写真と一緒に、持ってきてくださったんです」

「見せていただくことは、できますか」

隣に座っていた結月は、榊の指先がわずかに震えていることに気がついた。

「もちろんです。今、お持ちしましょう」

老人は笑顔で答え、立ちあがった。


部屋の奥、ビロードのカーテンが下りた壁際に、老人の手でその絵が掛けられた。

使っている画材はパステルだろうか。

素朴なタッチと明るい色づかいがやさしい絵だった。

光にあふれた庭に、中年の夫人が猫を抱いて立っている。

こちらに向けられた笑顔は声が聞こえそうなほど生き生きとして、猫の表情も愛くるしい。使いこんだエプロンが日差しをはじくさまや、水まきの途中で置かれたブリキのじょうろのへこみまで、そこにいる人にも物にも限りない愛情を感じさせる絵だ。

「いい絵だね……」

芸術のことなんてろくにわからない結月だが、気がつくとそんな言葉がもれていた。

老人は結月の感想に、うれしそうに何度もうなずく。

「ええ、本当に。写真のお礼くらいで、こんなにすばらしい絵をもらっては申し訳ないと思ったんですがね。記念だからどうかもらってほしいと言われて、受け取ることにしたんですよ」

「記念？」

　放心したように絵に見入っていた榊は、我に返ったように老人を見る。

「今まで人物を描くのはあまり得意じゃなかったけど、私の話を聞いて、家内の姿を思い浮かべたら、やっと満足のいくものが描けたと。恋人にずいぶん心配かけたから、これを見せて驚かせたいんだとおっしゃって。今度一緒に見に来るから、それまでこの絵と、私が撮った写真を預かっていてほしいと言って、帰っていかれたんですよ」

　しかし、それきり小夜子がこの店を訪れることはなかった。

「てっきり、すぐまたいらっしゃるんだと思って連絡先も聞かずじまいでした。私が知っていたのは小夜子さんというお名前と、美大生ということだけだったもので、絵のことは誰にもお伝えすることができなくて。ですが……そうですか。事故に」

　老人は言葉を切って、目を伏せる。

　小夜子が亡くなったことを知ると、老人は衝撃を受けたようだったが、どこか腑《ふ》に落ちたような顔もしていた。

「あのお嬢さんが顔を見せなくなって、一時期ウィンドウに飾ってあった写真もしまってしまったんですが、最近また、青い目の黒猫がこのあたりに現れるようになりましてね。なんだかお嬢さんのことを思い出して、飾りはじめたところだったんですよ」

　榊がここを見つけることになったのも、何かのめぐりあわせだろうと老人は言って、視線を向ける。

「ようやくお見せできた。あなたとここに訪れるのを、お嬢さんは本当に、楽しみにしておられましたよ」

笑顔でそう告げられた榊は、しばらく凍りついたように動かなかった。

やがて彼は、肩を震わせ、深い吐息をもらした。

ずっとこわばって、固く握りしめていた何かを、そっと手放したようなため息だった。

言葉をなくしたまま、じっと絵を見つめている榊を、結月は古めかしい猫脚の椅子の背にもたれて見守っていた。

疲労と眠気は内臓を溶かしそうなほど混沌《こんとん》とわだかまって、体が重い。まばたきの回数が多くなり、目を開けているのがもう難しかった。そろそろ本当に限界に近いのだろう。

窓から差し込む朝日が明るさをましてゆく中、白い光が戯《たわむ》れるように榊のそばでゆらめくのを結月はぼんやり眺めた。これが湊川の言っていた、幻覚や錯視というやつだろうかと思い、ゆっくりまぶたを閉じる。

誰かが呼びかける声が聞こえた気がしたが、結月の意識は深い眠りに引きこまれていた。

いつの間にか、結月は写真館の椅子の上で眠り込んでしまっていた。

伸びやかな細い手足からは、くたりと力が失われ、やわらかな栗色の髪が白い頰に落ちかかっている。

ロココスタイルの椅子に腰かけているせいもあって、長いまつげを伏せて眠る姿はどことなく絵画的で、老人は一瞬写真に収めたいような顔をしたが、榊はさりげなくその視線から結月を隠した。

*

タクシーを呼んではどうかという老人の勧めを断り、写真館を出た時にはもうすっかり夜が明けていた。

ちょっとやそっとでは目を覚ましそうにない結月をしっかり背負い、榊は早朝の道を歩き出した。

自分の足で、歩いて帰りたい気分だった。

脳裏にはまだ、小夜子の描いた絵の残像があざやかに焼きついている。

苦しんでいると思っていた。

出口を見いだせず、救いを得られないまま終わったのだと思っていた。

実際のところ、あれは自殺だったのではないか。黒猫を助けようとしたというのは何かの見間違いで、本当はあの時、小夜子は自分から飛び込んだのではないか。

榊の中にはずっと、そんな疑惑がわだかまり、視界を暗く濁《にご》らせていた。

そばにいることしかできないとわかっていて、最後の最後に目を離した自分のことが、どうしても許せなかった。

青い目の黒猫を探そうとしたのは、ほんの少しでも、小夜子の最期にかかわる手がかりが欲しかったからだ。小夜子の苦しみをやわらげることができなかったかわりに、最後に見たもの、触れたもの、親しんだものを手にして確かめたかった。

彼女が最後に何を思っていたのかを。

どろぼう猫の呪いなんてものが本当にあったのか、榊にもわからない。

ただ、奇妙な猫を追いかけて、あの場所にたどり着いたことはまぎれもない事実だ。

小夜子はもう苦しんではいなかった。

救いを見いだせないまま最期を迎えたのではなかった。

光とぬくもりにみちた絵を見た時、榊にもそれがわかった。

老人に向けたという笑顔も、榊と一緒に見に来るという約束も、もう二度と還らないとしても、その事実を知るだけで、全身を固く縛る何かから解き放たれた気がした。

知らず吐き出した深い息は、そのためだったのだろう。

背にかかる結月の重みと、どこまでも平和な寝息を受けとめながら、榊はそんなことを思う。

ふと足が止まったのは、アスファルトの地面にちらりと影がよぎったせいだ。

鳥かと思って顔をあげると、屋根の上から黒猫が顔をのぞかせて、こちらを見ていた。

まぶしいほどの陽《ひ》の光の下で見ると、黒い毛並みはますます艶やかで、ラピスラズリにも似た青い目の色もはっきりとわかる。

簡単に人が手出しできない高みから、猫は悠然《ゆうぜん》と榊を見下ろしていた。

まるで長年の宿敵のように見つめあっていると、ふいと猫は頭を引っ込め、姿を消す。

反射的に追いかけようとした榊だったが、結月を背負ったままなのを思い出し、その場に踏みとどまった。

何の見返りもなく限界まで眠りを断ち、榊をあの場所に、小夜子の絵のところへ導いたのは、ほかならぬ結月だ。絶対に、置いてゆくわけにはいかない。

榊は屋根の上から視線を戻し、踵《きびす》を返した。

黒猫のことは不思議なほど、もう気にならなくなっていた。

それぞれの家のカーテンや窓が開き、玄関のドアや門扉から、ちらほらと人が吐き出されてくる。

まだ涼しさの残る朝の空気の中、動き出した街を眺め、榊は再び歩き出した。

7 • Good Night, Sleep Tight.

「………あっついな、もう!!」

寝苦しさに、結月《ゆづき》は飛び起きた。

起きあがったとたん、体の上にかけられていたものが跳ね落ちる。

一瞬、ここがどこなのかわからず混乱したものの、壁際にずらりと並ぶ本棚を見て、榊《さかき》の部屋かと結月はほっと息を吐く。

ついでに床の上を確かめると、裏地のついたトレンチコートが落ちていた。

暑かったのはこれのせいかと額の汗をぬぐう。

途中までいい夢だった気がするのだが、最後のほうはひどい悪夢にうなされた気がする。

おかげでつまらない目覚め方をしてしまった。

結月が寝かされていたのは、この家に一脚きりしかない、一人掛けのソファだ。

写真館にいたところまでしか記憶がないから、榊が運んできてくれたのだろう。

眠り込んだ時は早朝だったが、外はもう暗くなっているらしく、ベランダに面した窓にはカーテンが下りていた。

間接照明のスタンドが灯《とも》されているのは、眠っていた結月への配慮だろうか。

一体何時間眠ってしまったのかと思いつつ、壁の電波時計を眺めると、時刻は夜の十時近くをさしていた。どうやらかなり長いこと熟睡してしまったらしい。丸四日眠らなかったわけだから、無理もないのかもしれないが。

結月が一人でここに残されているということは、榊はもう店に行ったのだろうか。

そんなことをぼんやり考えた結月は、立ち上がろうとして少しもがいた。

クッションがやわらかいのと、ソファに沈みこむように寝ていたこともあって、おかしな姿勢になっていたようだ。肘《ひじ》掛けに手をつき、体を起こそうとした結月は、ふわりと何かが触れるのに気づいて動きを止めた。

「ん？」

触ったのが人の頭だったように思えて、そんなまさかと思いつつ、そろそろとソファの傍《かたわ》らを確かめる。

「え、嘘《うそ》！」

そのまさかだった。

結月の座っていたソファの側面にもたれ、両足を床に投げ出すように誰か座っている。

黒い前髪が顔に落ちかかっているが、そこにいるのはまぎれもなく榊だった。

「ちょっと……榊さん？」

ソファから身を乗り出すようにして声をかけたが、返事がない。

呼吸の音さえ聞こえないことに結月は青ざめ、転がるようにソファを下りる。

榊はソファの脇に座り、うなだれていた。忠実な番犬が主人のそばに控えるみたいに、じっと動かない。

影がさして顔色はわからなかったが、せめて体温をみようと結月は手を伸ばした。

指先が顔に触れたとたん。

「ひッ……」

顔をあげた榊に手首をつかまれ、結月は絶叫した。

「び―――――びっくりした」

「それはこっちのセリフだ！　なんなんだ、いまの雄叫《おたけ》びは」

夜のしじまをつんざく叫びに、耳に指を突っこみ、呆《あき》れ顔で榊が言う。

「い、生き返ったのかと思って……」

喉《のど》の痛みをこらえながら結月は言った。まだ心臓がどくどくいっている。

警察を呼ばれやしないかと少し心配になっていると、不機嫌そうに榊が答えた。

「生き返るも何も、そもそも死んでない」

「でも、熱があるとかじゃないの？」

てっきり例の発作を起こしたのかと思ったのだが、榊の顔色はいつも通りだった。

「ない。少しうとうとしてただけだ」

試しに榊の顔に触ってみると、確かに熱くない。

よかった、とほっと息をついた結月は、次の瞬間、愕然《がくぜん》として榊に向き直った。

「ちょっと待って。今、うとうとしたって……！」

少し眠たげに前髪をかきあげた榊は、結月の発言に動きを止める。

自分でも、口にした言葉が信じられないのだろう。しばらく目をみはって固まっていたが、やがて確認するように視線をめぐらせた。

「店の準備から戻ってきたら、妙に体がだるくなったんで、ここに座って休んでたんだが……どうも、少し寝入ってたらしいな」

おおかた十分かそこらだと思うが、と榊は時計を確認する。

結月は呆然《ぼうぜん》としたまま、榊の隣に座りこんでいた。

「でも、なんで？」

自力で睡眠を取れなくなり、たびたび発作を起こしていた榊が眠れるようになるなんて。

どろぼう猫は見つけたが、結局つかまえそこなったというのに、何かきっかけがあったのか。それとも、結月が寝入っている間に、何か奇跡でも起きたのだろうか。

結月が考えこんでいると、榊はこともなげに言った。

「理由ならわかる」

「え？」

「さっき帰ってきたら君がまだ寝てたから、夜は冷えるかと思って布団の代わりにコートをかけたんだが、あんまり気持ちよさそうに寝てるんで、眺めてるうちにこっちまで眠くなってきたんだ」

榊の答えを聞いて、結月は絶句する。

「え、それだけ!?　てゆうか、なんで布団の代わりにコート……」

「眠らなくなってから、ベッドも寝具もまとめて処分したからな。ダウンよりいいかと思ったんだが」

気持ちはありがたいが、今は真夏だ。どうせかけるなら春物にしておいてほしかった。それにしても、榊に寝顔を見られたかと思うと改めて気まずい。よだれなんか、たらしてなかっただろうかと結月はさりげなく顔をこすった。

「でも、そんな簡単に眠れるようになるなんておかしいよね。どろぼう猫に会ったことと、何か関係あるのかな」

結月は黒猫に遭遇した時の記憶をたどる。

眠気で朦朧《もうろう》としてはいたが、あの時のことははっきり思い出せた。

「ひょっとして……あれかな」

結月がはっと顔をあげると、榊が尋ねた。

「なんだ？」

「あたしが黒猫に触った時、青い光みたいなのがはがれた気がしたの！　あの猫ちょうど寝てるとこだったし、もしかすると、どろぼう猫が人から盗んだ眠りが、あの時はがれたんじゃないかな」

どろぼう猫と目を合わせたのに、結月はこんな時間まで爆睡してしまった。

あの時、手に触れたものが誰かの眠りなら、結月が熟睡できたことも説明できる。

そして、猫の体からはがれた眠りは、結月を通じて榊にも伝わったのかもしれない。

結月が自分の予想をのべると、榊はしばらくぽかんとして、少し笑った。

「えらくメルヘンな解釈だな」

確かに、どこのファンタジーだと言いたくなる想像だ。

「だったら榊さんはほかに理由、説明できる⁉」

顔が赤くなるのをごまかし、逆ギレ気味に結月が聞くと、彼は意外な答えを口にした。

「いいんじゃないか？　その解釈で」

「は？」

「君がそう思うんなら、そういうことなんだろう。なら、それが正解でいい」

「そんな適当な……」

榊はずっとどろぼう猫を探してきたのではないか。せっかく眠れるようになったのに、結月のメルヘンな解釈にあっさり納得してしまっていいのだろうか。

「高尋《たかひろ》を呼べば、もっともらしい理屈をつけて説明してくれるんだろうが、俺にはあまり意味がない。もともと眠れなくなった理由も、医学的にはわからなかったんだから」

榊は達観したようにそんなことを言うと、ゆっくりと結月を見た。

「俺が眠れるようになったんだとしたら、それは君のおかげだからな。君がそういう解釈をつけるなら、俺の理由はそれでいい」

穏やかな目と、口もとにうかべた笑みを見て、結月は思わず口ごもる。

「なんか榊さん、いつもよりやさしくない？」

調子がくるう気がして顔を見られずにいると、榊は心外そうに答えた。

「俺がやさしくなかったことがあるか？」

「……どうだろう」

やさしくなかった気がするが、いつもやさしかったようにも思える。

ありがとう、という声に驚いて結月が顔をあげると、榊の静かなまなざしがあった。

お礼を言われるようなことは何もしていない気がしたが、なぜか喉の奥が詰まったように言葉にならず、結月は黙ってうなずく。

榊が眠れるようになったのは本人の言うように結月の寝顔につられただけなのか、写真館にあった小夜子の絵を見たからか、どろぼう猫の呪いが解けたためか、あるいはそのすべてなのかはわからないけれど。今はそれでいいと、結月は思った。

まぐれでも、偶然でもいい。奇跡や魔法でなくていい。

ひょっとすると、榊が今、ささやかな眠りを手に入れることができたところで、何の救いにもならないのかもしれない。本当は、何ひとつ変わっていないのかもしれない。

それでも、眠りのない長い夜に、ほんの少しまどろみが訪れるように、榊にも変化があらわれたなら、結月のしたことは無駄ではなくなる。……少しだけ、報われる。

結月は榊の肩に自分の額を押しつけた。

わずかに戸惑ったような気配のあとで、榊の声が耳元をかすめる。

「結月？」

低いその声を聞きながら、結月はまぶたを閉じた。

驚きが去ってみると、心地いい眠気が戻ってくる。それは強いものではなく、軽く肩に触れるだけで目が覚めるような、うたたねを呼ぶ眠気だった。

わずかな眠りを手に入れても、きっと榊はまたあの店を続けるのだろう。

長い夜を一人で過ごす、誰かのために。

根拠もなく、そんなことを考えて結月はほほえむ。

居心地のいいあの店が開く前に、榊のそばで、もう少しだけ眠りたかった。

参考文献

『バッハの生涯と芸術』　フォルケル　著　柴田治三郎　訳（岩波書店）
『ヒトはなぜ眠るのか』　井上昌次郎（講談社）
『睡眠の不思議』　井上昌次郎（講談社）
『時間の分子生物学　時計と睡眠の遺伝子』　粂和彦（講談社）
『〈眠り〉をめぐるミステリー　睡眠の不思議から脳を読み解く』　櫻井武（NHK出版）
『眠れない一族　食人の痕跡と殺人タンパクの謎』　ダニエル・T・マックス　著　柴田裕之　訳（紀伊国屋書店）
『睡眠革命　われわれは眠りすぎていないか』　レイ・メディス　著　井上昌次郎　訳（どうぶつ社）

※この作品はフィクションです。実在の人物・団体・事件などにはいっさい関係ありません。

集英社オレンジ文庫をお買い上げいただき、ありがとうございます。
ご意見・ご感想をお待ちしております。

● あて先
〒101-8050　東京都千代田区一ツ橋2-5-10
集英社オレンジ文庫編集部 気付
彩本和希先生

集英社
オレンジ文庫

夜ふかし喫茶 どろぼう猫

2016年4月25日　第1刷発行

著　者　彩本和希
発行者　鈴木晴彦
発行所　株式会社集英社
〒101-8050東京都千代田区一ツ橋2-5-10
電話【編集部】03-3230-6352
【読者係】03-3230-6080
【販売部】03-3230-6393（書店専用）
印刷所　図書印刷株式会社

※定価はカバーに表示してあります

ISBN 978-4-08-680076-1 C0193